中华魂

ZHONGHUA HUN

百部爱国故事丛书

做人民需要我做的事

——著名地质学家李四光

曹冬梅　编著

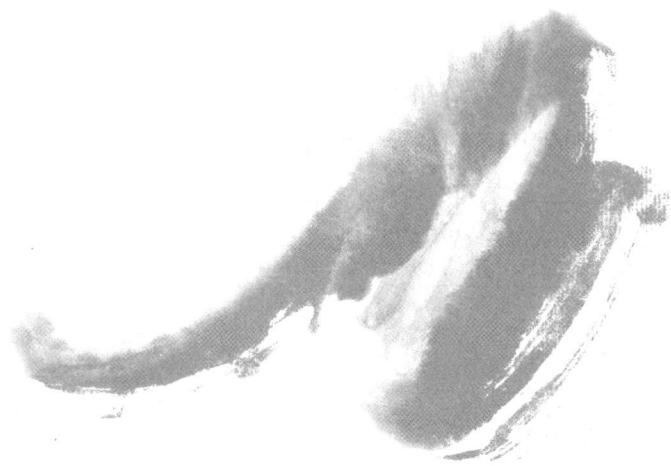

吉林人民出版社

图书在版编目（CIP）数据

做人民需要我做的事：著名地质学家李四光／曹冬
梅编著．-- 长春：吉林人民出版社，2011.3（2021.8 重印）
（中华魂·百部爱国故事丛书）

ISBN 978-7-206-07553-7

Ⅰ．①做… Ⅱ．①曹… Ⅲ．①故事－中国－当代
Ⅳ．① I247.8

中国版本图书馆 CIP 数据核字 (2011) 第 032614 号

做人民需要我做的事
——著名地质学家李四光
ZUO RENMIN XUYAO WO ZUO DE SHI
　　——ZHUMING DIZHI XUEJIA LI SIGUANG

编　　著：曹冬梅
责任编辑：张文君　　　　封面设计：孙浩瀚
制　　作：吉林人民出版社图文设计印务中心
吉林人民出版社出版 发行(长春市人民大街7548号　邮政编码:130022)
印　　刷:北京一鑫印务有限责任公司
开　　本:787mm×1092mm　　1/16
印　　张:8　　　　字　数:64千字
标准书号:ISBN 978-7-206-07553-7
版　　次:2011年3月第1版　　印　次:2021年8月第2次印刷
定　　价:35.00元

如发现印装质量问题,影响阅读,请与出版社联系调换。

总　序

　　《中华魂》是一套故事丛书。它汇集了我国自鸦片战争以来一百八十余年间的近百位民族英雄、仁人志士、革命领袖、先进模范人物的生动感人事迹，表现了他们作为中华儿女的伟大的爱国主义精神。

　　爱国主义是人们对于"生于斯、长于斯、衣食于斯"的祖国的一种神圣感情，是人们对于自己民族的一种强烈的责任感和使命感，是感召和激励整个中华民族的一面永不褪色的旗帜。在一百多年的中国近现代史上，爱国主义一直激励着中华儿女为祖国的独立、统一、进步和繁荣而英勇奋斗。从"苟利国家生死以，岂因祸福避趋之"的林则徐，到"我自横刀向天笑，去留肝胆两昆仑"的谭嗣同；从"铁肩担道义，妙手著文章"的李大钊，到"青春换得江山壮，碧血染将天地红"的赵一曼；从"县委书记的好榜样"的焦裕禄，到"问鼎长天，扬我国威"的邓稼先……都表现出了强烈的爱国主义精神。正是由于热爱祖国的人们前仆后继地奋斗，国家和民族才得以生存，才能够在一次次历史危急关头转危为安，走向兴盛和富强，从而屹立于世界民族之林。爱国主义是鼓舞中华儿女历经忧患、跨越沧桑、百折不挠、自强不息的伟大力量，它贯穿于中华民族的整个历史，并有力地凝聚着五洲四海的中国人。

爱国主义是一个历史的范畴，在社会发展的不同阶段、不同时期有不同的具体内容。革命时期，需要我们为祖国的独立自主出生入死；建设时期，需要我们为祖国的繁荣富强增砖添瓦。在全国各族人民团结一心，开启全面建设社会主义现代化国家新征程的今天，我们要争做一名新时期的爱国者。新时期的爱国者要有强烈的民族自尊心、自豪感。民族自尊心、自豪感是任何时期、任何爱国者都必须具备的情感。民族自尊心能增强我们自立向上的恒心，民族自豪感能树立我们建设祖国的信心。要树立"祖国高于一切"的崇高信念，为了祖国和人民的利益不惜抛却个人的利益，甚至不惜牺牲个人的生命。我们要树立终身学习的理念，拓宽自己的知识面，广泛吸收新知识、新技术，完善自身的知识结构，更新学习知识的方法与理念，从思想上、知识上充分武装自己，为祖国的繁荣昌盛贡献力量。

　　爱国主义思想的继承和发扬，是关系到民族盛衰、国家兴亡的根本问题。爱国主义思想情操的形成，需要不断地培养。培养爱国主义精神的一个重要途径是向英雄人物和典范事迹学习和致敬。这套丛书的出版,对于青少年向英雄和先进人物学习,特别是对于在中小学生中进行爱国主义教育是不可多得的生动的教材。祝愿此书出版发行成功,为培养时代新人做出贡献。

胡维革

中华魂
百部爱国故事丛书

编 委 会

人民需要我做什么，我就会做什么，一直到我不能做的时候。

——李四光

目　录

当你吃饭烧菜的时候，当你出门乘车的时候，当你扭开电灯的时候……你是否会想到制成这些东西的铁和铝、启动车子的汽油、发电的煤都是从哪里来的？你是否会想到那些跋山涉水、露宿荒野、身背仪器、手拿小锤子的地质勘探队员？如果没有他们的艰辛劳动，我们哪有现代生活，哪有现代化？

李四光简介

　　李四光教授是中国现代卓越的科学家、著名的社会活动家、杰出的教育家和伟大的爱国主义者；1889年诞生于湖北省黄冈县（现为黄冈市）一个贫寒私塾教师家庭，1904年官费留学日本，在大阪高等工业学校学造船。1907年在东京加入孙中山先生创建的中国同盟会，追随孙中山先生参加推翻清封建王朝的革命。辛亥革命后，因不满袁世凯、黎元洪篡夺革命果实的行径，辞去政府高官，于1913年再次出国留学，在英国伯明翰大学，师从鲍尔敦教授学习地质，从而与地球科学结缘，走上了艰巨而又光辉的科学道路。

中国地质力学奠基人，中国地质科学和石油工业的发展历程中的一面闪亮的旗帜——李四光。

就在我们中国的地质勘探者中，有一个响亮的名字。

是他，在那世界一片"中国贫油"的论调中，独具慧眼，正气凛然地指明中国石油的源泉。

是他，走遍祖国山川，揭示了中国地质形成的奥秘。

是他，以敏锐的观察力，对复杂多变的地理现象作出科学的推理和判断，为人类正确认识地质构造开辟了一条新路。

是他，在人们对地震现象用尽非科学的方法解说时，力排众议，响亮地向世界宣告，地震是可以预报的。

他的名字就叫李四光。

李四光是我国杰出的地质学家，科技战线的一面旗帜。

李四光的一生是与地球打交道的一生，在他的住所，至今仍陈列着他生前从祖国各地亲自采集来的各式各样的石头标本。这些石头，仿佛一颗颗闪光的珍宝点缀在他人生之路上。我们的话题就从这里开始了。

石头风波

李四光一生热爱石头，因为正是从这些形态各异的石头身上，李四光分析出地球变迁的历史和原因，也正是从这一块块貌似普通的石头身上，李四光找到了蕴藏在地下的宝藏。所以每次野外考察回来，他总是背一包各式各样的石头回家。开始，他的妻子许淑彬女士非常生气，因为她是一个喜爱居室整洁、环境优雅的人。可经过了一段时间，特别是石头风波之后，她的态度变了。她也开始热爱那些石头，像保护自己的孩子那样精

李四光纪念广场

心地照料它们。

那是 1921 年的一天，下班回来的许淑彬一进家门，被眼前的情景迷惑了。只见李四光蹲在石头中间一块一块地翻找着什么。

"仲揆（李四光的原名），你在干什么？"许淑彬略带责备的口吻问道。

这时，李四光才抬起头来，满脸的汗水。

他用衣袖擦了一下，说："我在找一块很重要的石头。就是前些日子我从大同盆地带回来的，我有用。"

"什么样儿的？"一听说丈夫在找一块有用的石头，许淑彬也着急起来，忙问。

李四光站起身来，一边说一边比画着石头的样子。

"啊？糟了，我拿它压咸菜后放在外边了。"许淑彬说完就跑了出去。

原来，前些日子许淑彬腌咸菜需要一块石头，可

004

在北京城里到哪儿去找石头呢？她想了半天，忽然灵机一动，家里不是就有许多石头吗？于是，她从李四光的石头堆中挑出一块大小适中、有一个光滑面的石头做了压菜石。菜腌好后，她忘记了拿回去，放在了外边。

当许淑彬和李四光再到丢弃石头的地方寻找时，哪里有它的影子？

李四光看到自己心爱的石头没有了，非常生气，竟然冲着自己的妻子责怪起来。

"你怎么乱动别人的东西？难道连这点礼貌都不懂吗？那可不是一块用来压菜的石头，那是带冰川擦痕的漂砾，是科学的见证。"

从未见过丈夫发火的许淑彬感到委屈极了。她怎

中国第四纪冰川陈列馆

做人民需要我做的事
——著名地质学家李四光

么知道那是如此重要的石头呢？自己做饭腌菜不也是为了这个家吗？李四光整日忙于工作，不到深夜不回家，对自己又尽了多少丈夫的责任？他的心中只有石头。想到这儿，鼻子一酸，眼泪竟不自觉地流了下来。

一见妻子伤心的样子，李四光又感到自己太过分我不好，事先没有告诉你，我也知道你不是有意的。可是你知道吗，它是我找到的研究中国第四纪冰川遗迹的第一块标本。外国专家说我们中国没有第四纪冰川，可我可以证明他们是错误的。可惜现在只有标本的‘遗照’了。”

许淑彬听着丈夫的话，感到惭愧、懊恼。从那以后，她更加尽心尽力地支持他的事业。

特别是那些石头，都精心地保存好。

时光流逝，李四光的女儿李林一天天地长大了。她非常可爱、活泼。李四光非常喜欢她、疼爱她。小李林喜欢大自然中的一切，经常缠着爸爸带她去公园。可李四光总是说没有时间，惹得小李林经常噘嘴巴。

终于有一天李四光主动提出带李林去郊外游玩，这下可把李林乐坏了，她搂住爸爸的脖子亲个不停。

郊外的景色真美啊！一望无际的土地伸向远方，远处的群山仿佛水墨画一般，微风吹拂，野花摇晃着手臂，好像在向你问候。李林跟着爸爸来到了山坡上，他们玩儿起了捉迷藏。他们一个找一个藏，玩得真高兴。无论李林藏到大树后还是草丛里，爸爸都能把她找到。她也总能想尽办法找到爸爸，不管他是趴在地上还是缩着身体藏在树洞里。

现在轮到李林藏，爸爸找了，她机警地躲在一堆灌木丛后。她耐心地等啊，等啊，等了好长时间还不见爸爸来。小李林终于等不下去了，她露出一个小头喊了一句："爸爸，我在这儿。"可哪有爸爸的影子。

小李林四处张望着，忽然，她看到不远处有一个人的身影很像爸爸。于是，她用手拨开杂草、树枝向着那个人走去。走近一看果然是爸爸，他正在那认真地研究一块儿岩石呢，早把女儿给忘了。

晚上，回到家中，李四光对着女儿说："玲玲（李

——做人民需要我做的事

著名地质学家李四光

林的小名儿），爸爸亲自烧菜给你和妈妈吃，作为白天没有好好陪你玩儿的补偿。"小李林虽然为白天的事有点不高兴，可一听能吃到爸爸亲手做的菜，一块乌云飞走了，快乐地跳起来。

菜很快就做好了，一家人高高兴兴地围坐在一起，准备吃饭了。小李林一边儿拿起筷子一边儿和妈妈讲白天野游的事。

"哎呀，这个菜有点淡。"李四光一边尝菜一边评论道。

"让我去拿酱油。"小李林说完就要走。李四光一把按住了她，说："惩罚我，让我去拿。"

说完，转身去了厨房。

许淑彬觉得这爷俩在一块儿真有意思，又继续让女儿讲白天发生的事。

两个人坐在屋里等了好半天，可是李四光连个人影儿都没有。小李林忍不住跑到厨房一看，爸爸早没了。

原来，就在李四光去取酱油的时候，有一位北京大学的同事来找他，在门外向他招了招手，两个人一同去了实验室。小李林和妈妈的心和那没有放酱油的菜一样凉了许多。

晚上，夜已很深了，李四光才拖着疲惫的身体回到家中。打开灯，一桌子的饭菜还放在那里，特别是没有放酱油的菜一动未动。李四光这才想起自己没取来酱油。他冲着那道菜淡然地笑了一下，心想，它可真像自己珍藏的石头，没有什么经济价值可有纪念意义。他轻轻地吃点剩饭，洗漱之后准备上床休息了。

走进卧室，他打开灯，只见床上好像是有人在蒙头大睡的样子。他想，妻子和孩子怎么这么粗心，把头都盖得严严实实的。他忙蹑手蹑脚地走过去，轻轻地拉开被子。可是哪里有妻子和孩子的影子？分明是用石头在床上摆了一个人形。

一切都明白了，原来她们是让自己和石头人住在一起，是说自己是一个"石头人"。他坐在床上，陷入了沉思之中。他在想，作为一个人，特别是一个中国人，自己确实有责任努力工作，在科学研究上赶上或超过外国人，为我们中国人争口气。可自己又是家庭

——做人民需要我做的事

著名地质学家李四光

中的一员，也应该多照顾亲人啊！

李四光就是这样一个工作起来把吃饭、睡觉都忘记了的人。他每日早七点钟去上班、中午饭需由工友提醒，如没有人告诉他该吃午饭了，也许会等到下午一两点钟还没吃呢。晚上经常是八九点钟才回家。一天只休息五六个小时。起初的时候，妻子对他的做法很生气，后来，渐渐地理解了他的事业，所以就带着孩子去实验室叫他。

一天晚上，李四光正专心致志地低着头观察显微镜下的薄片，忽然感到身边有一个小孩，就头也不抬地问道："你是谁家的孩子？这么晚还不回家去？你妈妈想你了。"惹得玲玲哈哈大笑起来。

类似的事有许多许多，如果一一说起来，恐怕几天几夜都说不完呢。

李四光之所以这样抓紧一切时间全身心地投入工作，因为在那个时代，中国受尽了外邦的欺侮，特别在科学技术方面，中国是相当落后的。李四光就是要多拼出一点时间，多解决几个科学难题，为祖国的昌盛作一点贡献。

——著名地质学家李四光

做人民需要我做的事

李四光名字的来历

受压抑往往能使性格倔强的人增强不达目的决不罢休的意志。被学校、当局硬压一年出国留学的李仲揆，战胜了重重障碍，以优异的学习成绩，顽强的毅力赢得了留学日本的机会。

李仲揆高兴地来到留学报名处，从衣服口袋里翻出仅有的几个钱，买了一张出国护照表，用两只手捧到教室。护照表上印着姓名、年龄、住址等栏目，他激动地拿起一旁的毛笔，蘸饱墨，在纸上快速写上"十四"两个字，待心情稍稍平静下来后，定神一看，"哎呀！糟糕！"他喊出了声。竟把年龄填到姓名这一栏里了，再买一张表吧，没有钱了，怎么办呢？李仲揆细细地琢磨着。

"有了，"十"字可以改写成李字，我就叫"李四"好了，一想，这个名字听起来太不庄重，又挥笔在后面加上一个刚劲有力的"光"字。多少年来，苦难的人们都渴望着光明，我就叫李四光吧！

李四光少年时的故事

李四光9岁那年，元宵节晚上有花灯表演，他和大人们兴高采烈地去观看，很晚才回家。熟睡之中，突然有人大声喊起来："不好啦，河南大婆的屋子着火了，大家快去救火呀。"

李四光在梦中被一片嘈杂声吵醒，赶紧披上衣服，提着一只水桶也跑了出来。河南大婆家的茅屋火光冲天，李四光跑到池塘边装了多半桶水，踉踉跄跄地拎到茅屋前。火苗正从茅屋顶往外窜，可他怎么用劲，水也泼不到屋顶的火苗上。

李四光又拎着水桶转到房子后边，看见屋檐下正巧放着个梯子。李四光的胆子从小就大，爬梯子是经常事，这回又是救火，他三下两下就爬上了房，把桶里的水一瓢一瓢地向火苗泼去。火终于被大伙儿扑灭了，河南大婆也被救了出来。母亲四处找不到李四光，急得大喊起来：

"仲揆！你在哪儿？""妈妈。我在这儿！"妈妈一听，儿子的声音好像从天上发出来的。她抬头一看，只见儿子在房顶上拎着水瓢，提着水桶，裤腿上还滴滴答答掉着水珠。"快点给我下来，多危险！你是怎么上去的呀？""妈妈，房后有梯子，我是蹬着梯子上来的。"

邻居们赶紧跑到房后，从梯子上抱下李四光，并齐声夸赞他勇敢。这时，李四光看到河南大婆没有穿棉衣，便赶紧跑回家，把母亲的旧衣服拿来送给河南大婆。看到这一切，母亲感到很高兴，儿子已经懂事了。

提到衣服，李四光在上小学时，还遇到了这样一件事：李四光上的是私塾，同学们都在校住宿。有一天夜里，天气特别的寒冷，大家把所有的衣服都压在被子上面。半夜里，一个小偷溜进学生宿舍，把一个同学盖在被子上的衣服给偷走了。那小偷正在溜出去时，碰倒了桌子，响声惊醒了一位同学，他见陌生人进来，便大声喊道：

"有小偷，大家快起来抓小偷！"

同学们全都惊醒了，冲出院子去捉贼。不一会儿，小偷就被同学们抓了回来。只见那小偷衣衫褴褛，脸色蜡黄。同学们你一拳我一脚地把小偷打得鼻青脸肿。

"大家不要再打他了"，站在一旁一直没有动手的李四光实在看不下去了，就向同学们喊道。同学们住了手，一齐望着他们最尊敬的老大哥。

李四光走上前对那个小偷说："你以后再不能偷东西了。做了坏事，别人就要打你。你以后做个好人吧！"

小偷点了一下头，眼泪簌簌地掉了下来。有的同学围上来埋怨李四光："他偷了别人的衣服，也想偷你的，你为什么要帮助他？"

李四光说道："你们看他穿得那么单薄，又被打了一顿，实在可怜，放了他吧。我想他今后会改的。"小偷被放走了，临走时，他向李四光深深地鞠了一躬。

心 向 祖 国

年轻时的李四光抱定了"科学救国"的目标，几经周折，矢志不渝。他一生三次出国、三次回国，谱写了一曲荡气回肠、感心动耳的爱国之歌。

1904年7月，李四光由于学习成绩优异被破格选派到日本留学。这个时候，李四光已经14岁了，对于列强在中国到处逞凶、清廷腐败、百姓的苦难生活，都深有感触。所以在他就读于武昌高小时就非常勤奋。虽然家中生活十分贫寒，可这些困难没有影响他的学业。相反，他常想，西方的"船坚炮利"无非是由于科学技术的发达，自己一定发愤读书，掌握科学技术，将来抱效祖国。

到国外去寻找革命的道路或者到发达国家学习先进的科学技术，这是在 19 世纪末 20 世纪初许多有志之士的追求。李四光属于后者。

在日本，李四光先进了宏文学院学习日本语。那个时候他的家很穷，而清政府又给每个留学生发一点钱以资助学生上学。为了负担两个弟弟和两个妹妹的学膳费用，李四光就在生活上省吃俭用。他经常自己把生米放在暖水瓶中，注入开水，经过几个小时泡熟成粥后当饭吃，副食就只有一点点咸菜了。

经过一段时间的学习，李四光又考入了大阪工业学校学习造船。造船，这是李四光童年时的一个梦想。小时候，他用木头做成木船，用铁片做成小汽轮。为什么他那样酷爱船呢？因为他听父亲讲过，甲午战争时，由于我们中国人的船不如人家，结果吃了败仗，所以从那时起，他就立志长大后学习造船，为中国人争口气。现在正是梦想成真的时候，因此他非常刻苦。

20 世纪初的中国，正是"山雨欲来风满楼"的时代，拯救中华民族的革命运动风起云涌。特别是以伟大革命先行者孙中山先生所领导的辛亥革命正处于酝酿、策划的阶段。革命先驱者们在日本成立了同盟会。李四光坚定地站在革命派一边，加入了同盟会。

1905 年的一天，李四光被通知到日本一家民宅开

会。在那里，他第一次见到了孙中山先生。孙中山摸着李四光的头说："你年纪这样小就要革命，很好，有志气。"临别之时，又送给他八个字："努力向学，蔚为国用。"因为他年纪小，只分派了一些帖标语的工作给他做，但在他稚嫩的心灵中，已经播下了革命的火种。

放暑假了，李四光回国探亲。一回到家里，全村都热闹起来，人们争先恐后地来看一眼这位留洋做大学问的人。李四光兴奋地向父亲、母亲和乡亲们讲述着自己在国外的见闻，还把带回来的各种动物、植物、矿物和轮船的图片贴在墙上，大家都觉得非常新鲜。

几年来，李四光学习了不少科学知识，一回到故乡他就感到村里人吃门前塘里的水很不卫生。他决定自己动手在房后竹丛边挖一口井。可惜的是，这时他没有钻研过地质，不懂得地下水的分布情况，所以费了好大的劲儿，挖了有一丈八九尺还没有出水，就放弃了。怎么办，李四光苦思冥想了好几天，最后他想出了一个人工过滤的方法。他弄来一口大缸和一口小缸，在大缸的下面凿一个小孔，口上装一根竹管子，接到小缸口上，并且在大缸的底儿上放一层石子和一层沙子，然后再盖一层白布。把挑来的混浊的塘水倒进大缸里，水经过沙石层过滤，从竹管子流到小缸里，这样浑水就变成了清水。乡亲们都夸这个办法好。

直到今天，当地的老百姓还在谈论着李四光曾经做过的事。人们说起来还是那么津津有味，仿佛就发生在昨天。

7年的时光转瞬即逝，学成回国的李四光应聘在武昌一所中等工业学校教书。1911年武昌起义、辛亥革命爆发了。湖北军政府成立后，因李四光是同盟会员，又学过理工，所以推选他当了实业部长。22岁的李四光四处奔波，日夜操劳，为了让心中制定好的实业振兴蓝图早日实现，他顾不上吃饭、休息。可是，好景不长，李四光的宏伟蓝图随着革命的失败而化成了泡影。辛亥革命虽然推翻了中国2 000年的封建制度，可由于革命先天不足，由于帝国主义和封建主义的相互勾结失败了。

　　李四光决定从长计议，趁年轻时候多学一些技术，于是他又到了英国。

　　英国是近代产业革命的发源地，李四光决心在这里学习采矿。当时有的朋友劝他："你理科成绩好，我们国家汽车工业落后，你为什么不学习造汽车，或者继续学习造船？采矿长年在野外工作太辛苦了。"李四光听后，微微一笑，回答道："如果没有矿产哪有钢

辛亥革命纪念馆

铁，又拿什么造船、造汽车呢？"他还是为自己选择了一个更加艰苦的工作。

两年后，李四光考虑到虽然祖国地大物博，矿产丰富，可是当时的反动军阀只信任外国人，中国人只能做矿工。因此，他又改学了地质。他想自己以后回国可以开发祖国宝藏，这不也是一个很重要的工作吗？

1919年，李四光考取了硕士学位。他日夜盼望着早日回到祖国，每当夜深人静时，他一个人站在窗前，眼望大海另一方祖国的方向，眼前呈现出到处插满外国国旗，老百姓四处逃荒、流离失所的情景。他恨不得插上双翅立即飞回故乡。他的老师鲍尔敦想让他留

人民英雄纪念碑上的浮雕

做人民需要我做的事
——著名地质学家李四光

在英国继续深造，待取得博士学位后再回去。可李四光早已归心似箭，他非常诚恳地谢绝了老师的好意。

"我想把我学到的知识尽快贡献给我的祖国。"他握着老师的手，满怀深情地说。

"好吧，我理解你的心情，以后有机会再到我们这里来。"鲍尔敦恋恋不舍地说。

为了多带回一些知识，李四光先去德国和法国参观、实习。1919年末，他在法国正要回国的前夕，接到了来自伯明翰大学鲍尔敦教授的信。转聘他去印度某矿当工程师。李四光深知，去印度薪水高，可以帮助弟弟妹妹们升学，但一想到自己是一个中国人，应该为自己的祖国服务，他谢绝了老师的好意，而是接受了北京大学蔡元培先生的邀请，即刻动身前往莫斯科，然后回到北京。

1920年春，李四光回到了祖国。第二次回到母亲的怀抱，他有使不完的劲儿。李四光边做教学工作边做科学研究工作。

李四光在自己的祖国一工作就是28年，在这28个春秋里，他发表了一系列在国际上有影响的论文、著作。他亲创的地质力学从一个全新的角度解释了地质变迁的原因。他的关于中国第四纪冰川问题的研究使世界瞩目，为之震惊。

在这个时期，也正是深受"三座大山"压迫的中国人民在中国共产党领导下探索革命道路的艰苦

做人民需要我做的事

——著名地质学家李四光

年代。特别是抗日战争时期，由于历经颠沛流离的生活和蒋介石对科技人员的拉拢、威吓，使得李四光疾病缠身，心绞痛时有发作，科研难以再进行。终于，他接受了周恩来同志的建议，趁第四十八届国际地质学会开会的机会，于1947年第三次离开了祖国。

1948年夏，年近花甲的李四光在伦敦国际地质学会上宣读了《新华夏海之起源》的论文。当李四光拿起讲稿，用铿锵有力的语调对新华夏构造体系进行深入阐述时，人们的脸上纷纷露出了惊异的表情。中国地质学家提出的论点多么富有说服力啊！人们随着李四光的指点，看着那熟悉的地图，竟惊呆了。世界经过他的分析，原来是如此神奇，各个部分有机地组合起来。"新华夏构造体系"这一地质名词，通过这宽敞明亮的皇家亚尔培大厦的演讲厅向世界传开了。李四光的发言刚结束，整个会场沸腾了，人们情不自禁地从座位上站起身来，向着从台上健步走下来的李四光不停地鼓掌祝贺，各国摄影记者也蜂拥而上，镁光灯泡那耀眼的光焰不停地在他的脸上闪亮着。只有寥寥无几的几位欧美传统派的地质学家灰溜溜地离开了会场。

会议结束了，从世界各地前来开会的人们陆陆续续地离开了伦敦。他们有的搭上班机，有的坐上火车，踏上了归国的路。可满载荣誉的李四光，却只能留在这里。他沉沉地靠坐在沙发上，长叹一口气："中国如此之大，竟无我容身之地啊！"

李四光一边休养身体一边从事学术研究，同时他想尽一切办法打听祖国的消息。他坚信中国共产党一定会取得革命的最后胜利。

沈阳解放了！

北平和平解放了！

百万雄师过大江，南京、上海解放了！这一个个振奋人心的消息传来，李四光等不下去了，他计算着回国的日期。经四处活动，终于订了两张由法国马赛

李四光故居

——著名地质学家李四光

做人民需要我做的事

起航的货轮票。船期为1949年9月。

李四光的心飞走了，飞到了祖国北京，连梦中都是故乡的景。就在这时，发生了一件出人意料的事。

那是一个宁静的早

李四光蜡像

晨，一阵急促的电话铃声把李四光从睡梦中唤醒。电话是一位朋友从伦敦打来的，他以焦急的口气告诉李四光马上离开英国，以免遭到特务的绑架和暗杀。

全家人被这突如其来的消息惊呆了，一时都紧皱眉头没有了主意。妻子许淑彬穿着睡衣在房间里来回踱步李四光的生命受到了威胁，随时都可能出现意外。怎么办？李四光想了一会儿，镇静而果断地说："我一个人先走，从另一条航线离开，你们照原来的计划。"说完，他把自己的想法告诉了妻子和女儿。

不能再犹豫了，一家人分头去办。许淑彬整理行李；李四光整理自己的文稿；女儿李林用了个化名去领事馆办理护照。

天渐渐地黑了，一切也都准备妥当。一家人谁也没吃一口饭，没喝一口水，只想着早点离开这个是非之地。在这最后的时刻，李四光自己却静静地坐下来，提笔给蒋介石的亲信驻英大使郑天锡写了一封告别信。在信中，他义正词严地表达了自己鲜明的政治立场，表达了自己拥护中国共产党领导的决心，并且豪迈地告诉郑天锡，他已启程回国，希望他认清前途，早日回到祖国的怀抱。写完信，李四光从容地把信交到许

——著名地质学家李四光

做人民需要我做的事

淑彬手里，嘱咐她说："等我离开英国两天后，把这封信发出去。"

夜黑沉沉地，月亮被乌云遮得没有一丝光亮。李四光一家三口人默默地朝火车站走去。他们打算先让李四光从普利茅斯港口去法国，因为那里风浪大，一般人不从那儿走，这样可以躲开特务的视线。

送走了丈夫，许淑彬的心难以平静。焦虑、恐惧、担忧……各种各样的情绪一齐向她袭来，仿佛千斤顶压在她的心上。她不知道从此一别他日是否能再相见。劳累、紧张、思虑使她不知不觉沉沉地睡去了。

忽然一阵急促的敲门声使她惊醒，她惶恐地打开房门。

一个身穿西装的中国人走了进来，他用眼睛打量着整个房间和许淑彬，开口问："密司脱李在家吗？"

许淑彬也看着这个年轻人，只见他眼神不定，神态紧张，心想此人一定是个特务。她稳定一下自己的情绪，用平淡的语调回答道："他到土耳其搞野外调查去了。"

"什么时候走的？"那人继续盘问道。

"两天以前。"

"哦！我是驻英大使馆的，这里有一份从台湾来的电报副件，请转交给李先生。另外……"那人支支吾吾地说。

"另外还有什么？"许淑彬非常生气地问。

"另外，告诉李先生，只要他照着上边说的发表个

做人民需要我做的事
——著名地质学家李四光

李四光纪念馆全景

声明，政府会给他好处的。"那人笑嘻嘻地说完拉开了公文包，从中掏出一张支票。

"这是一张5 000美元的支票，你马上可以到银行支兑。过两天我再来看李先生。"

说完，转身要走，却被许淑彬喊住了："你把这支票拿走，我们不需要。"

"李太太，这可是5 000美金啊！"那人劝说着。

"我们不需要！你以后也不用来了。"许淑彬非常坚定地说。

那人见多说话已没有用处，收起支票离开了。

赶走了大使馆的人，许淑彬软软地倚在椅子上。女儿李林坐在妈妈的身边，轻声地说："妈妈，我们也快点搬走吧，他们也不会放过我们的。"

一句话提醒了许淑彬，站起身来赶紧收拾东西，准备去女儿所在的大学居住。

许淑彬在焦急的等待中熬着日子，终于收到了李四光从瑞士一家小旅馆里写来的字迹非常潦草的短信。她一眼就认出那是出自自己丈夫的手迹。信的大概意思是让她速去瑞士。

一刻不能耽误，许淑彬带着女儿历尽周折，才在秋末的凉风中，来到了瑞士巴塞尔城。在一个非常偏僻的地方找到了李四光的住处。一见面李四光就半开玩笑半认真地说："你们如果再不来，我可要露宿街头喽。"

许淑彬忙从皮箱中取出了一封信，交到李四光手里："这是郭沫若等好几个朋友写给你的信，是托人捎来的。"

李四光急不可待地抽出信，一口气读完了。原来

做人民需要我做的事
——著名地质学家李四光

李四光故居

是郭沫若等几位著名科学家希望他早日回国，参加社会主义建设。

李四光的归国之心似春潮翻涌，他感到自己周身热血沸腾，有一种强大的东西在吸引着他。他默默地诉说着自己对祖国母亲的思念，他要回去，哪怕只有很短的时间，他要将一生的本领都毫无保留地交给她。虽然自己已是满头白发，可还可以继续工作。我要工作，我要工作，为祖国而工作，等待这一天的到来已经几十年了。

回到祖国的日子终于到了，李四光偕同夫人登上了开往香港的货轮。

眼望着渐渐远去的欧洲大陆，李四光浮想联翩，自己曾经拿着小铁锤在这块土地上学习、钻研了多少个日日夜夜。如今，"我要回家了"。李四光一边低声地说着，一边向远方挥挥手，泪水顺着面颊流了下来。

1950年5月，一辆开往北京的列车把这位老科学家送到了伟大祖国的首都——北京。李四光终于回到了自己朝思暮想的祖国，虽然这一年他已经是60岁的高龄，可他仿佛又获得了第二次生命。

李四光的求学经历

回龙山镇，是一个农村小集镇。初春时节，来往行人在仅有的一条又窄又脏的小街上断断续续地行走。街道两旁几个摆小摊做买卖的人在高声喊叫，生怕自己的东西没人买；饭馆跑堂的站在门前生拉硬拽过路行人作自己的顾客，唯恐做的东西换不回钱来；卖艺的打开场子似乎使出了全身解数，累得汗流浃背，一面不停地绕场向观众频频点头，用帽子接着观众丢来的钱。路旁的干树枝被冷风刮得嘎嘎作响，更增添了萧条、凄凉的景象。

这时，从一个街口走出两个背着背篓的八九岁的男孩，一高一矮。高的戴顶破毡帽，脑后露出一条辫子，穿一件补丁摞补丁的但很干净的土布小棉袄，两只大眼睛，忽闪忽闪的，特别有神。

"李仲揆，你看咱俩今天到哪儿去打柴？"忽然，小个的开口向高个的问。

"上南山去，道远一点，可那里的柴好打。锁住，你看行不？"

"行。"

两个孩子跑跑颠颠奔向南山打柴去了。

夜幕降临。白天打了一天柴禾的李仲揆坐在油灯下，背诵爸爸每天挤时间教他的那些书。他念着念着，身不由己地打盹了，头一低嗞啦一声，面前油灯的火苗把前额上的头发烧焦一绺。顿时，一股焦味充溢屋内，正在做针线活的母亲急忙过来，抚摩仲揆的头，疼爱地说：

"仲揆啊，头发又烧了。白天干一天活够累的了，快睡觉去吧。"

"不，不背完我不睡觉。"李仲揆执拗地回答。

"你这孩子就是犟，一口能吃成个胖子吗？好孩子，听妈的话，快去睡觉吧。"妈妈用商量、劝慰的口吻才把孩子说服睡觉去了。

李仲揆兄弟姊妹六人。爸爸李卓侯是个穷秀才，以教书为生，用当地一座破庙教几个学生养家糊口。穷人家的孩子理事早。李仲揆每天除了打柴外，还帮妈妈干些家务活，每到晚上他就跟着爸爸读点书。

光阴似箭，一晃几年过去了，孩子一天比一天大了，懂的事情一天比一天多了。李仲揆起早贪黑地背书。一天，仲揆的父亲和他母亲商量说：

"仲揆这孩子已经长大了，我看他学习很用心，别因家贫耽误孩子的前程，让他到武昌高等小学考一下试试，若能考上，咱们节衣缩食也得供啊。"

经过父母商量，决定让李仲揆去武昌。李仲揆带着家里从邻居家借来的盘费，穿着一件用母亲出嫁时的衣服改做的棉袄，告别父母兄妹乘船去武昌考学校。

长江，奔腾呼啸，滚滚狂涛拍击两岸。李仲揆第一次离家乘船，因此，无时不被长江的自然景色所吸引，在他的面前，看到了另一个天地。

他搭的这只小船，和李仲揆当时处境很相似，在烟雾茫茫的长江水面上逆流破浪前进。老艄公用力地搬动船桨，李仲揆坐在船头朝着武昌的方向呆望。忽然间，由远而近传来了马达的轰鸣声，李仲揆抬头望去，一艘挂着外国国旗的军舰，正朝着航行在江心的他们的这条小船冲来，越来越近，这艘军舰加足了马力，浪花四溅，一层层惊涛骇浪时而把小船拥上浪尖，时而把它掷进浪谷。李仲揆，这个13岁的孩子，头一次出门，哪看见过这样的场面，他蹲在船里，两手紧把着船舷，被惊呆了。老艄公却是泰然自若地握住船舵，目视前方。只见这小船倏地降到浪谷，倏地又登上浪峰，随波逐流，与惊涛骇浪周旋。

一会儿，浪小了，人们的心也平静下来，军舰摇头摆尾地远去了。李仲揆惊诧地向老艄公问道：

"老伯伯，那军舰为什么欺负人呢？"

"哎，孩子，你还小啊，头一次坐长江船

吧。自从八国联军来中国后，像刚才这样的事在长江上是常有的。"老伯不动声色地说着，但话语间却充满了悲愤。

"那咱们为什么不揍他们呢？就让他们这样随便欺负。"

"揍他？大清政府不管，咱们几个平民百姓能把他们怎样？"老艄公气愤地喘着粗气对李仲揆说。两人你一言我一语谈论刚才江面上发生的事情。一些疑团开始在李仲揆的脑海里缭绕、翻腾，这件事在他那颗纯真幼小的心灵里犹如一块石头被猛然掷进大海，激起无数的浪花。他在苦苦思索：在我们祖国的土地上，为什么外国人能这样横行？竟然拿中国人寻欢作乐；难道我们中国人就应该这样忍气吞声地活下去吗？清政府腐败无能，使中国人民受欺压凌辱何时才能有个尽头？在祖国的江河里为什么净是外国的军舰，中国就这样连艘军舰都造不出来吗？一个接一个的问号不断地出现在他的脑海里，使刚刚离开家门步入社会的李仲揆陷入深思之中。

"喂！武昌到了。"老艄公高兴地碰了一下李仲揆的肩膀，这才打断了他的思绪，李仲揆抬头一看，船已靠岸了。

"孩子，到洋学堂好好学，学点真本事，长大了咱们自己也造军舰，替中国人出口气。"李仲揆把老艄公的这些话牢牢地记在心里，便拎起自己随身携带的东西，辞别了这位慈父般的老人，登岸去打听武昌高等小学的校址去了。

他一边走一边打听，在众多人们的指引下，来到一个四合院门前。首先映入他眼帘的是大门两侧的石狮子，门上正中的横匾写着："国立武昌高等小学堂"几个漆黑的行书大字。啊！这正是我要考的高等小学堂。李仲揆边看边往院内走去，他东瞅西望：四不露的大瓦房，屋檐翻翘，油光碧绿的琉璃瓦在阳光的照射下闪闪发光，正中的两根粗柱上雕画着二龙戏凤的彩图。因为是头一次见到这样的房子，简直把李仲揆的眼睛看花了。他报了名，办理了手续，等着考试。

当！当！钟声响了，参加考试的学生一窝蜂地进入考场。经过考试，李仲揆以最优秀的成绩被录取了。

凡考上这所高等小学的学生，都由官家供给学膳费，每月发七两银子。钱虽少，他还是忘不了带点银子回去贴补家用。

李仲揆第一次走进学堂，首先看到的是墙上贴的课程表，上面标着国文、日语、英语、数学之类的课程。他心想，这比私塾的课程样数多，老师比私塾的先生严厉得多。最初上课的那位老师，一上讲台就郑重地告诫他们说："你们这些学生，能来到这个学堂里念书，是一件很不容易的事，咱们学堂设的课程很多，大家一定要勤用功，努力取得一个好成绩，以报答国家和老师以及亲戚朋友们对你们的期望。"

李仲揆思忖着，这学堂的学习科目比私塾的确多很多，条件和环境也和私塾不一样，自己应该爱惜光阴，真正学好。

做人民需要我做的事

　　时间长了，谁的学习好，谁的学习差，在同学们的心目中也有数了。有的同学课程不会就去找李仲揆。凌晨和晚间在宿舍却找不到他。这样，每当考试张榜公布成绩，李仲揆的名字都列在前面。勤奋、用心、刻苦地学习，获得了优秀的成绩。按照这个学校的规定，每月考试一次，名列前五名的可以得到官费出国留学的机会。可是两个月的考试，李仲揆的名字都是第一名，却没有送他出国留学，这是为什么呢？他和同学们都感到莫名其妙。

　　"好！下次考试再瞧，如果我再考上前五名，还不送我，咱们再算账。"李仲揆更加用功复习课程，经过第三次考试，当公布成绩时，第一名还是他。这次学校当局果然又没有送李仲揆出国留学，他实在忍受不了这种不平的事，一气之下跑出学校，打算离开这不讲理的鬼地方。学校知道后，派人把他追了回来，并威胁他说：

　　"好啊！你在我们这里读书，花了我们的银

子，吃我们的饭，还想跑，跑也行，你把三个月用的21两银子全部退回来。"

李仲揆气愤地说："按规定每月考试成绩排在前五名的应送出国留学，我连续三个月都考第一名，为什么不让我留学？"学校管事人被李仲揆问得张口结舌，感到理亏，但却强辩说：

"出国留学，反正你现在去不了，张知县的儿子还没走成，你就过几个月再说吧。"

在很多中国留学生的帮助下，李四光治好病之后，进了日本宏文学院。不久又进入大阪的高等工业学校学习造船机械，想将来把这知识用在祖国的造船事业上。他生活俭朴，为了能照顾家中的弟弟和妹妹，常常是自己弄点米，头天晚上把它放在暖瓶里加进开水，浸泡一夜，烫熟成粥，第二天早晨吃。他的副食经常就是咸菜，把节余下的钱汇给家中。

酷热的夏天，教室里闷得喘不过气来，同学们三三两两的找阴凉地方休息，李四光却在教室里埋头看书和演题；严冬的夜晚，同学们都已酣睡了，李四光还坐在教室里，不停地看书，或在演算本上写着字。就是这样，李四光无论是在樱花盛开的季节，还是在万木凋零的时候，尤其是在节假日，当同学们都在休息或是外出游玩时，他都从来没有放松过学习。功夫不负苦心人。李四光每次考试，都是名列前茅，老师和同学们对他的刻苦学习精神和顽强的毅力无不钦佩。

学士考试来临。不巧，正在这时李四光腿上长个疖子，肿得不得了，老师和同学们都劝他去医院做手术。他考虑到昂贵的医疗费，看病的时间又长，不如自己想个办法处置一下算了，以免耽误学习，还可把省下的医药费用来买书。因此，李四光行起医来，他把用过的刮脸刀片放在水里煮沸消毒，然后用刀把疖子切开，挤掉脓，刮去患处的朽肉。自行"手术"后，痛得脸色发白，浑身冒汗。但他不顾这些，包扎好伤口，一瘸一拐地坚持考试去了，身边的人们都为他这种坚强的意志感叹不已。

放暑假了，很多同学都在安排假期活动计划。李四光则有一张与别人不同的假期活动计划表。他首先租了一辆摩托车，骑着它东奔西跑去野外观察地形，考察地质，参观英国地质学家史密斯、赖尔、麦奇生等人的地质标本展览。然后，他又急急忙忙地背起行李来到附近煤矿，白天和英国矿工在黑暗、阴湿的矿井里劳动，晚间同矿工住在一起。为了详细了解地层构造和地质情况，他在矿井里总是到最深处、石层多的地方去劳动。每次从矿井里上来，浑身都是黑的，矿尘沾满全身，房东深为他这种精神所感动，像招待客人一样，给他准备好替换的衣服，做些可口的饭菜。

　　暑假结束时，李四光和朝夕相处的矿工们合照了一张照片。他头戴矿工帽，身穿劳动服，手中扬起小矿锤与英国矿工留下了一张珍贵的照片。一次有意义的暑假就这样紧张而愉快地度过去了。

　　1919年在伯明翰大学礼堂举行授予学位文

凭的庄严仪式。几个欧美籍学生接过内装学位
文凭的纸筒走下台阶后，一个面目清俊，体态
标致，穿硕士服装的中国青年，疾步循阶而上，
接过了硕士文凭的纸筒。他那双炯炯有神的眼
睛此时更显得激动，反映出他的内心是多么不
平静。

"李四光，庆贺你以优异成绩荣获科学硕士
学位。"

李四光手里擎着硕士文凭，真挚地对这位
年近六旬的英国老教授鲍尔敦说：

"这是由于您的培养，首先感谢您。"

伯明翰大学

李四光一直吃素的原因

一路春风，李四光兴冲冲地回到家中。还没有把东西撂下，就高兴地告诉妈妈：

"妈，我被批准去日本留学了！"

"啊，到日本留学，哎呀，这太好了！"妈妈一边说着，一边激动地流出了眼泪，看见儿子这样有出息，她心里像吃了蜜糖。

"不过，您出国的儿子可改名叫李四光了。"四光顽皮地说着。

"什么？"妈妈擦去了激动的眼泪问道："仲揆，你怎么要改名叫李四光呢？"

"妈妈，鸟往亮处飞，人也希望光明啊。"

接着就把改名的经过一五一十地告诉了妈妈。妈妈听了，心想：孩子长大了，也懂事了。

李四光出国留学的消息，像长了翅膀一样，一传十，十传百，很快全镇男女老少都知道了。

左邻右舍、亲戚朋友，还有李四光的同学、童年伙伴也都来家看望。有的拿着鱼、

做人民需要我做的事
——著名地质学家李四光

蟹，有的小朋友把自己最心爱的东西作为纪念品送给李四光。这时与李四光童年时期经常一块打柴的锁住开玩笑说：

"仲揆哥，等你骑马做官时可别忘了咱们中国人，别忘了原来的伙伴。"

李四光被说得脸红了，他微笑地说：

"你们放心，我是在中国长大的，同胞和乡亲们的感情永远忘不了。"

几天来，全家忙忙碌碌地给李四光准备出国所需的行装和用品。为了省钱，李四光买的是五等舱的船票，大统舱里人挤得满满的，又闷又热。晚上李四光不得不到甲板上睡觉。海风掠过，使他浑身发抖，不巧患了感冒，加上离家前多吃了点乡亲们送的荤腥之类的东西，上吐下泻。因而他到日本后，很长时间身体都没恢复过来。医生告诉他以后不要再吃荤，以免旧病复发。李四光以求学为重，决心素食，免得发病，影响学习，这大概就是后来他一直吃素的原因。

崭新的生活

五月的北京春风拂面，万物复苏，一派勃勃生机的景象。刚刚诞生的共和国正以高昂的斗志、极大的热情投入新的历史阶段。河山已是旧貌换新颜，人民喜气洋洋的，到处都可以听到"解放区的天是晴朗的天"那欢快的歌声。李四光推开窗户，向远方眺望，真是感慨万千。想想过去洋人到处横行，穷人受尽凌侮，和今天的面貌相比，真是恍如隔世一般。

记得有一次，李四光带着几个学生到外地作野外

做人民需要我做的事
——著名地质学家李四光

考察，正走在北京一条非常繁华的大街上，忽然传来几声惨叫声。他们跑过去一看，一个穿着比挺西装，戴着礼帽和金丝边眼镜的洋人正用手杖蛮打一个人力车工人。李四光大喊一声："住手！"然后跑了过去，扶起那个中国人。

"我在教训他，没有你的事。"那个洋人用英语说了一句。

李四光替人力车工人整整衣服，问道："老哥，发生了什么事。"

人力车工人叹了口气，说："他坐我的车不给钱，我向他讨要。他边说洋文边打我。这年头，我只能挨打不能还手。"

李四光一听顿时恼怒了，只见他冲着洋人怒目而视，用命令的口吻说："快付车钱。"说完用小锤子在洋人面前晃了晃，其他的同学也都举起了小铁锤子。

那个洋人一看这情形，只好乖乖地付了车钱，拾起手杖，狼狈而去。

今天，我们中国人站起来了。我们当家做了主人，再也没有人敢在我们的头上作威作福。想着想着，李四光笑了，他感到报效祖国的时刻到了。

就在这时，一辆黑色的小轿车向着李四光暂住的北京饭店缓缓驶来。

过了一会儿，李四光听到几声轻微的敲门声。会是谁呢？他边想边疾步去开门。

门开了，李四光愣住了，是敬爱的周总理。周总理面带慈祥的笑容，健步走进房门，握住李四光

李四光故居

——著名地质学家李四光

做人民需要我做的事

的手，问道："怎么样，还习惯吗？身体好不好？"

一句话，似一股暖流涌遍李四光的全身，这位白发苍苍的老科学家禁不住泪花闪耀。他也紧紧握住周总理的手，连声回答："好，好，好！"

李四光把周总理让进房间，两个人非常随便地畅谈起来。

从李四光的起居生活谈到他以后的工作；从祖国的新变化谈到未来的社会主义建设；从当前的国内外形势谈到马列主义学说、李四光的政治学习。

中国共产党是多么关心一个爱国的知识分子啊！敬爱的周总理在百忙之中亲自看望一个刚刚从海外归来的科学家，这怎么能不让李四光感到幸福、激动。

李四光——这位历尽了旧中国沧桑、困苦的老科学家终于找到了自己的位置。他觉得青春之火再燃烧，一股立志为新中国的社会主义建设奉献余生的热流冲击着他。要把毕生的心血、才华献给祖国，这是他几十年来的梦想。

"我要为祖国找矿、找矿……"那天晚上，李四光辗转反侧，无法入眠。他在设计一个方案，一个开发祖国矿藏的方案。

三年过去了，新中国迅速地医治了战争的创伤，国民经济恢复到了历史上最高水平。全面的社会主义建设时代随之而来。这个时候的李四光一心扑在怎样找矿上。他想把自己独创的理论——地质力学早日应用到实践中，为祖国和人民找到矿藏。

1953年春季里的一天，伟大领袖毛主席亲切接见

巨幅长卷局部图，展现当年勘探工人在松辽平原找油的艰辛历程。

巨幅长卷局部图，展现当年勘探工人在松辽平原找油的艰辛历程。

了李四光。当他怀着激动和忐忑不安的心情来到中南海会客厅时，敬爱的周总理正在那里等着他。

不一会儿，毛主席来了，只见他神采奕奕，精神抖擞，一看到李四光，未等总理引见就热情地握住了他的手，问个不停。客厅里不断传来爽朗的笑声，他们像老朋友谈心似的交流着思想。

这次谈话后，毛主席交给李四光一个非常艰巨的任务，为中国找到石油。

李四光以坚定、乐观的态度接受了这个崇高的使命。从此，他为中国的石油工作奋斗着。

李四光巧对英国参观人员

　　一次，外交部打电话要北大二院(即理学院)派一名教授陪同一个英国人来校参观，并要求介绍二院各系情况，当时理学院把这个任务交给了地质系主任李四光。那个英国人带着一个翻译大摇大摆地走进了北大，李四光身着一套很旧的西服，用中文介绍北大情况，那个英国人上下打量一下李四光，生气地用英语对翻译说：

　　"我们明天再来，让北大出一名懂英语的教授。"翻译向李四光讲了。

　　"明天、后天也是我来奉陪。"李四光用英语答道。

　　这时，正在实验室里查阅标本的一位教授问：

　　"李四光教授，明天还要陪客人吗?"

　　"怎么，他就是李四光!"那个英国人和翻译惊讶地私语着。

　　"李四光教授，久闻大名，未得见面，方才失礼，请您多多原谅。"这个英国人完全换了另一种姿态，点头哈腰地向李四光道歉。

"请进，这就是北大地质系实验室，由我陪到底，讲解完。"李四光指着实验室，用一口流利的英语和那个英国人对话。

弄得那个英国人非常尴尬，跟在李四光后面从这室进那室，一直参观完。

李四光在衣着打扮上是从不考究的，不说外国人瞧不起，就是有的学生也在背后议论说：这么有名的教授，裤子破了也不在乎，别人上班雇包车，他却天天骑辆破自行车，这哪像一名教授。但就是这个身穿破裤子骑着破自行车的教授，用他渊博的知识和认真负责的态度在教育这些学生，从而博得了人们对他的爱戴和尊敬。

石 油 之 战

中国有没有石油？这是包括毛主席、周恩来总理在内的全国人民都十分关心和担忧的问题。谁不知道，石油是工业的血液，天上飞的、地下跑的，哪一样离开石油可以转动？特别是在50年代，"中国贫油论"的学说压得人们喘不过气来。如果中国真的没有石油，那是否要走人工合成石油的途径？谁不知道，除非万不得已是不能走那条路的！因为人造石油不仅成本高，而且提炼技术也非常复杂。

近半个世纪来，有多少人到中国找过石油，谁也说不清。从1915年的美孚石油公司，他们曾派一个钻井队在陕北肤施一带打了7口探井，损失了300万美元，到1922年美国斯坦福大学教授布莱克威尔德《中国和西伯利亚的石油资源》论文的发表，再加上中国的某些地质学者的随声附和，于是乎"中国贫油"、地大而非物博的断言流传开来，使人们感到前途渺茫。

李四光这位从事地质研究工作几十年的老科学家，本着实事求是的精神，不盲从他人的理论，根据自己的科学分析和推断，明确指出，我们的地质条件很好，地层下含有丰富的天然石油，仅从新华夏构造体系的

李四光
1889-1971

沉降带中就可以开采出几个大油库。在我国的松辽平原、华北平原、渤海湾……都具备着生油和储油的条件。我国的石油前景是辉煌的，是世界上少有的石油丰富的国家。

一席话拨开了迷雾。毛主席和周总理批准了李四光关于在全国进行地质普查工作的建议。

普查开始了，浩浩荡荡的考察队出发了。他们个个身背仪器，手拿小铁锤，向着祖国四面八方的各个普查区进军。

李四光也和千千万万个普通的地质勘探队员一样，

率领一支队伍亲自来到东北松辽平原。这一望无际的大平原杂草丛生，荒无人烟，随处可见野生动物的足迹。白天，骄阳似火，乱草、灌木扎得人疼痛难忍；晚上，冷风袭人，野狼的嚎叫又让人毛骨悚然。勘探工作是艰巨的，茫茫的大平原，一眼望不到边际，真如同大海捞针。

　　深夜，李四光房间里依然亮着灯。他看着中国地图和从第一线发来的地质资料，仔细地查找着、核对着。

　　按照他的分析，松辽平原正是新华夏构造体系的第二条沉降带，在这个地区，从中生代以来就长期接受着旁边隆起带倾泻下来的大量有机物质。经过漫长的岁月和地壳的不断下沉，早就形成了封闭性良好的厚厚的沉积层。在这样良好的条件下是可以把原始有

大庆油田开采地下原油

——做人民需要我做的事
著名地质学家李四光

机质转变成石油的。可大油田在哪里呢?

李四光盯着地图,微眯着眼睛苦苦地思索,现在,根据地质力学理论,把这一带作为油查区是肯定的了。但具体在什么地方能打出石油呢?应该再找出一条更小范围的沉降带,在其中寻找出凹陷带,这样一步步缩小范围,最后确定一点,用钻机打下去……

想着想着,李四光紧皱的双眉舒展开了。他的眼前仿佛出现了那高高的井架,石油黑黑的如潮水一般从大地腹部喷出……

"仲揆,又是一夜未睡吧,天快亮了,去休息一下吧。"妻子许淑彬穿着睡衣走到他的身边,轻轻地说。

"没什么,我的时间不多了,可我还没完成毛主席、周总理交给我的任务呢。"李四光说完,打了一个哈欠。

第二天一早,李四光急匆匆地赶到办公的地方,他给从前线回来的地质队员们开了一个会,讲了自己的想法,布置了新的方案。

按照先找油区后找油田的理论,充满战斗豪情的中国地质工作者们在茫茫无垠的原野上打了一场硬仗。他们用自己永不知疲倦的双脚踏遍山川、平原、沟汊、河流;用勤劳的双手开创新的家园;用智慧的大脑分析千姿百态的地表,找到一个最佳的位置,架起钻机。

"隆隆"的钻机声打碎了大地的沉梦，罕无人迹的荒原到处是地质工人的身影，他们在创造着新的奇迹。

随着钻机的逐渐深入，人们的心跳也在加剧。到了，到了，终于打到了老科学家李四光所指示的白垩纪地层。人们小心地取出岩心一看。啊！我们胜利了！

静寂的草原沸腾了！

显示着储油层的油沙终于找到啦！

这喜讯长了翅膀似的飞向北京，飞向中南海，飞向神州大地。

听到这个消息，李四光笑了。他满怀信心地说："松辽的大局已定，准备侦察下一个油区。"

同时，他写了个申请，准备在松辽地区来一个石油大会战。就这样，大庆油田的开发工作拉开了序幕。中国的石油工人们以战天斗地的英雄气概开进了这块黑黑的土地。他们发扬了"一不怕苦、二不怕死"的革命精神。冬天，要战胜零下近40℃的低温；夏天，蚊虫叮咬，汗流浃背。经常没有蔬菜，人们就吃咸菜。几年奋战，终于在这荒原之上竖起了一个又一个高耸蓝天的井架。大庆油田的工人们，在"铁人"王进喜的带领下，克服了许许多多困难，凭着一双勤劳的手建起了一座雄伟壮观的石油城。

在李四光的部署安排下，伟大的中国地质队员们

相继发现了胜利油田、大港油田等好几处油田。李四光又指明在哪些地区可以找到油田，这些都为后来的实际工作指出了方向。

中国人依靠洋油的日子一去不复返了！

"中国贫油"的论调被彻底打碎了！从此，中国人民依靠本国资源建设起中国式的现代化。

李四光为中国的石油工业做出了不可磨灭的卓越贡献。他认为这是自己应该做的，是对人民的哺育之恩的最好回报，特别是回国以后，毛主席、周总理非常关心他，他想这就算是自己的一份答卷吧。然而，毛主席可没有忘记他的功劳，特意表扬过他呢。

那是1964年，李四光在人民大会堂参加第三届全国人民代表大会。一天，会议快要结束的时候，有一个素不相识的人对他说，有人请他到北京厅去。李四光走进北京厅，看见只有毛主席一个人在里面，以为自己走错了地方，忙不好意思地说："主席，真对不起，我走错了。"反身就要走。

"是我请你。"毛主席叫住李四光后说，然后示意李四光坐到自己身边。接着说："李老，你的太极拳打得不错啊！"

李四光想主席怎么知道我在练习打太极拳呢？但见主席发问，就答道："身体不好，刚学一点儿。"主席听了哈哈大笑起来，接着说："你给我们的工业献了血，是一大功臣啊！"

这下子李四光明白了，原来毛主席是在说找油的事。

做人民需要我做的事

边缘学科——地质力学的萌芽

人类栖息生存的地球，山脉纵横，江河浩荡，丘陵蜿蜒，平原无垠。我们不禁要问，半径约有 6 370 千米的地球，它为什么会这样呢？能否找出它活动的规律？近百年来，由于受到传统思想的支配，往往只停留在对表面现象的认识和叙述上，对地球发展历史过程中的许多重大问题，如气候寒暖的交替，山河湖海的变迁，以及某些动物和植物的兴衰规律等，还没能给予科学的说明。

一个科学家的研究活动自觉不自觉都要受各自的世界观和方法论的制约。

当本世纪20年代，西方资产阶级历史学家韦尔斯在他的《世界史纲》中宣称"非洲及亚洲地方，还没有有经验的探险家去探查过"的时候，李四光用自己的实践已冲破了形而上学的牢笼，在祖国的大地上开始认真地考查了北方石炭纪和二叠纪的含煤地层及矿藏分布的情况，把力学的理论带进了地质学领域。当这一新兴的边缘学科刚一问世，就遭到当时国内外地质界"权威"们的指责、讥讽，从而产生了一场严重的斗争。

1921年以后，李四光除在北京大学任课外，他为了解决当时含煤地层年代，掌握煤矿的分布规律问题，致力于一种叫"蜓(tíng)科"化石的研究工作。

"丁零零"，随着传来一阵自行车的铃响，北大理学院看门的老张头和对面一个守卫人员说：

"骑自行车的教授又来了。"说着便出门迎接他："李教授，你天天如此呵，晚饭后应该休息一会儿。"

"张大哥，晚上肃静，备课、搞实验都最适宜。"李四光边说边推着自行车到实验室去了。

他走进实验室，把被风吹开的天窗关好，然后就坐在显微镜旁观察"蜓科"化石的内部结构，这种化石很坚硬，必须把它磨得像纸一样薄才能清晰地看到内部构造。李四光拿起化

做人民需要我做的事

石，放在磨石上，磨了看，看了再磨，不知磨过多少遍。手打出了血泡，化石灰尘满屋飞扬，呛得他直咳嗽，这些他全然不顾，还是一个劲儿地忙着磨片，一会起来，一会坐下，忙个不停。

许淑彬看到天很晚了，李四光还没有回家休息，担心他深夜饿肚子，便从家里带点吃的东西来到实验室。她虽然是悄悄地推开实验室的门，还是发出了吱嘎的响声。她进屋一看，李四光正在那儿弓着腰，手把显微镜，紧闭着一只眼睛，在灯下细心察看那些化石薄片。她上前轻轻地说了一声：

"仲揆，夜深了，你该吃点东西了吧。"

许淑彬从篮子里将吃的东西拿出，递给了李四光：

"快点吃吧，深更半夜地这样忙个不停，我真担心你的身体。"

"这个时间下班，不就是我的正点吗？"李四光看着许淑彬，两人会心地笑了。

当他俩走出实验室时，时钟已敲响了12下。李四光仰望一下群星灿烂的夜空，深深地吸了一口新鲜空气说：

"明天还是好天气。"两人踏着万籁俱寂的大地走回家去。

多少个寒暑，李四光废寝忘食地研究着"䗴科"化石。他从"䗴科"的薄片观察中，确定了"䗴科"最初出现是在石炭纪早期，到二叠纪末期就灭绝了，而地质史最重要的成煤时期恰恰是距今约3亿2 000万年前到2亿3 000万年前的石炭纪和二叠纪。

星期天到了，李四光早早起来，查看关于"䗴科"化石这方面的资料，两盘没吃的早餐放在桌子上。

临近中午，许淑彬挎着篮子，领着女儿从街上回家。她一进屋就急忙检查一下放在桌上的早餐李四光到底吃了没有。她走到桌前一看，摆着的东西原封没动。李四光怕夫人和女儿生气，忙辩解说：

"你给我热一下，刚才凉了。"

夫人看见他忙得头也顾不得抬地在查阅资料，翻完这本，又看那本，连话都不愿多说一句，并主动提出要吃饭，心里的抱怨情绪也就打消了，又把饭菜拿去热了一遍拿了上来。

"这次我看着你，说啥也得吃下去，不能热了凉，凉了热，把饭菜里的营养都热跑了。"许淑彬坐在桌旁真的监督起李四光来了。看着他三扒两咽地把饭吃下去后，忽然好奇地问道：

"你摆弄的那小化石，有的用手都拿不起来，它叫什么名字，究竟有多大价值。"

李四光解释道："这是古生物的化石。它两头尖，中间膨大，有的和玉米粒、绿豆粒相仿佛，个体很小。化石的形状像纺纱的纺锤，中国把纺锤叫筵，日本把纺锤叫纺锤虫。所以我把筵字旁再加上一个虫字，这样就像一个筵状的小虫，我管它叫'䗴科'。研究'䗴科'化石能区别地层的年代和与国外标准的地层加以对比。"

"'䗴科'化石原来是你命的名啊。"许淑

彬高兴地说。

几年的心血浇注，李四光对于石炭纪和二迭纪的古生物"蜓科"化石进行了深入的研究，终于写成《中国北部之蜓科》一书，在国内外地质学界以及整个科学界引起强烈反响。李四光也赢得了广泛的国际声誉，他提出的"蜓科"分类标准至今一直被世界各国地质学家所沿用。

大自然不是孤立的，而是相互联系的，要想发现规律，必须抓住它们的来龙去脉。太行山、庐山、九华山、天目山等地发现第四纪冰川活动的遗迹，别的山是否也存在而尚未被发现呢？如把它们联系起来加以认识，就会使事物的本来面目更清楚些，也会使反对者无懈可击。

李四光为了找到更多更有说服力的证据，他又开始攀登黄山了。

高高屹立在我国安徽省南部的黄山，是在1亿年前，经过几次地壳运动，使它从地面崛起，后又经受第四纪冰川的洗礼所形成。大小72峰的黄山，是我国著名的风景区，素有"天下第

一奇山"之称,云海、异峰、怪石、奇松巧妙
地构成一幅幅千姿百态的天然画卷。古今中外
有不少人对黄山的风景都赞不绝口。

然而,李四光对黄山的山光水色却无心观
赏。深深吸引他的是:运用各种形似与神似巧
妙造型的怪石,使他如饥似渴地要阅读中国第
四纪冰川这位大自然雕刻家所遗留下来的千古
杰作,以回击那些不可一世的"权威"们。

年近半百的李四光和大家一起徒步登黄山,
不避跋山涉水、风餐露宿之苦,凡有冰川遗迹
的地方,都曾留下了他们的足迹。他们爬过朱
砂峰,看过桃花溪中的巨石;攀过狮子峰,看
过北海的冰斗;越过飞龙峰,看过陡峻山脊上
的风化冰川岩石。一次李四光为了了解冰川活
动时的岩石风化情况,他们来到始信峰,仰头
指着峰顶的岩石说:

"那些岩石就是冰川的遗迹。"大家望着绝
崖危壁,如巨神所劈,斧迹斑斑的始信峰,甚
觉惊奇。

"你们在底下等着，我上去看看。"李四光说完便把锤子、绳子、木楔带在身上，纵身登上陡壁，当攀援到山腰时，却没有着脚的地方了，这时他把木楔打在石缝里，一步一步地向上爬去。在快到峰顶时，被一个光滑得连插个木楔的缝都找不到的大岩石挡住了。

　　"李先生，快下来，太危险了。"留在山下的同学们着急地喊起来，可李四光像没听见似的，他紧贴在岩石上东张西望，最后只见他把绳子往右上角方向一甩，绳挂在一棵从石缝里长出的小松树上，他双手紧攥绳子，一把一把往上爬，小树摇摇晃晃。山下的学生看到这种情景，有的失声地叫起来，有的干脆不敢再看了。李四光用尽力气，终于登上了岩顶，把标本采取下来，装在地质包里绕道愉快地回到山下。大家把李四光围了起来，有的摸标本，有的发呆地看他，有的对他敬佩地说：

　　"李先生，我们都为您……捏了一把汗啊。"

　　"一个科学工作者，要想有所作为。必须有

——著名地质学家李四光

做人民需要我做的事

韧性，并要随时作献身的准备，年轻人更要锻炼这种意志，才有希望在科学上取得成就。"李四光嘱咐着大家。

攀毕始信峰，他们又继续穿丛林绝径，涉深渊幽谷，考察了北海的神仙洞冰斗遗址。

李四光就这样登危岩，探深洞，顶烈日、冒严寒，走过许多人迹罕至的地方，历尽千辛万苦，获得了重大成果。他用千百个日日夜夜，忍饥耐寒，根据十几年的野外调查，先后写成《华北晚近冰川作用的遗迹》《扬子江流域之第四纪冰川》《黄山第四纪冰川流行的确据》《冰期之庐山》等重要论文。这些论文深刻地论证了在中国不是没有第四纪冰川，而是普遍存在，从而推翻了国际冰川学"权威"们顽固坚持说中国无第四纪冰川的谬论，使他们在事实面前不得不承认第四纪冰川在中国确实存在。

李四光用英文写成的《黄山第四纪冰川流行的确据》一文在国外发表后，轰动国际地质学界。当时由国际联盟派到中国来当教授的澳大利亚专家费斯孟，得知李四光在黄山发现了冰川遗迹，他也要去实地看看，头一次自己去是踪迹未见而归。第二次又随李四光来到黄山，李四光知道有些外国专家的特点，便不客气地把他带到冰川岩石的绝崖前，费斯孟带有害怕的口气说：

"你是真有胆量，若是我自己，就不敢到这里来。这回我算是开了眼界，看到中国确确实实有冰川活动的地方。"

费斯孟这次观察后不久，几乎同时在中国和柏林的杂志上发表了他写的《中国第四季冰川》的文章，承认李四光这一重大的发现。

1939年，李四光参加了在莫斯科举行的第17届国际地质会议。他在会上发表了题为《中国震旦纪冰川》的论文，提出在中国的元代就存在第四纪冰川的遗迹。这一论文的发表，大长了中国人民的志气，灭了那些"权威"的威风。论文的字里行间洋溢着中国人民热爱科学，追求真理，具有艰苦奋斗，勇于创新的伟大精神。

做人民需要我做的事

开 发 地 热

李四光经常对人说:"地球是一个庞大的热库,有源源不绝的热源。我们现在不注意对地下储存的庞大热能的利用,而是把地球在它表层给我们遗留下来的珍贵遗产——像煤炭这样大量由丰富多彩的物质集中构成的原料,不管青红皂白,一概当做燃料烧掉,这是无可补救的损失。我们子孙后代是要骂我们的,骂我们把那么宝贵的东西都烧掉了,白白浪费掉了。"

李四光就是这样一辈子开发大自然的宝藏,然而更加注意如何保护好大自然。在他晚年的时候,已经是疾病缠身。他是带着一个病弱的身躯回到祖国的,尽管周恩来总理经常关心他,每次做手术都是由总理亲自审批和到医院指导,但他还是一日日严重起来。即使这样,他依然坚持工作。

1970年,听说天津市大力开展了开发和综合利用地热的工作,解决了许多部门需要热水的难题,已是81岁高龄的李四光说什么要到天津亲自看一看。老伴许淑彬和女儿、外孙都劝他。

"仲揆,你这么大年纪了还是不出门为好。"许淑彬用恳求的语气说。女儿也在旁边帮忙出主意,她对父亲说："爸爸，现在不是以前了，身体要紧，如果身体累垮了，就不能工作了，再说，你可以在家听一听从天津回来的同志的汇报嘛。"

一时之间，家里人你一言我一语开起了"劝导会"。可李四光表面上答应了家人，暗地里却已安排好了天津之行，他想要亲自去看一看。

他先来到一个养鸭厂。工厂的工人们听说李四光来了非常高兴，谁不知道是李四光为我们找到了石油？大家在工作岗位上拼命地干活，想以此来表达自己对这位杰出科学家的崇敬。

李四光主要参观了洗鸭毛车间。以前人们每天都是用热水烫掉鸭毛，热水是用煤来烧热的，所以每天都需要几吨煤。工人们的手泡在脏水里，时间久了就

——著名地质学家李四光

做人民需要我做的事

关于《莲花状构造》的论文

李四光因肾病恶化曾到杭州疗养。在休养期间，他仍旧不怎么注意自己的病情变化，却对杭州市郊山区地质产生了浓厚的兴趣。他跑遍了整个杭州市郊，有时为一个有关地质方面的问题，还陪同外宾作实地考察和当场交换意见。因为带病工作，对于李四光来说，已经是一件很平常的事情了。有一年，他在大连疗养时，一次和秘书路过马栏河桥，看到市郊白云山庄周围的山峰奇特，一道道呈弧形的山梁盘旋其中，他立即攀援到山顶，居高临下详细观察这个山的全貌，发现道道山脊和条条沟谷相连展开，当中的高地，就像莲花花瓣簇拥着的莲蓬一样。这究竟是怎样形成的呢？为了揭开这一奇异地貌形成的奥秘，李四光多次攀登悬崖，在陡坡和深沟纵横的山里观察。炎热的夏季，火辣辣的烈日晒得他汗流浃背，他好像根本没有感觉到，仍然一会儿敲打石头，一会儿绘图、画线或拍照。一些微小的地质现象他都作了细致的观察和测量，持续几十天从不间断。终于弄明白了这是一次因地壳旋转运动造成的地质构造体系的新类型。最后写成了一篇《莲花状构造》的论文。

会得皮肤病，有时还会溃烂、化脓。不仅身体健康受到威胁，还会影响工作。后来，他们在市里城建局的帮助下，打了一口热水井，水温有49℃。这下子可解决了难题，每天节省几吨煤不说，地下热水里面含有矿物质，免去了得皮肤病之苦，原来有病的，弄点热水回家洗一洗，没有多长时间就好了。

李四光听着汇报，亲自握住工人的手仔细地观察。看到大家身体健康、精神愉快地工作，李四光点点头，夸赞他们做得好。然后，又根据自己的设想，为他们提了几条意见。

一个80岁的老人，正应在家中享受天伦之乐，可是李四光却亲自下工厂做实际调查，这是怎样的一种精神啊！如果没有对科学的执着追求、对祖国

——著名地质学家李四光

做人民需要我做的事

繁荣昌盛的渴望、对地质奥秘的探索又怎能做到这一点呢？

离开了养鸭厂，李四光又到了天津工农兵宾馆等好几个地方。当宾馆的负责同志介绍说，改用地下热水供给洗澡用水后，每天可节约四吨煤时，兴奋地对大家说："别看四吨煤的数字不大，但在代替了煤的作用这一点上意义却很大。将来把经验逐步推广，就会走出一条开辟新能源的路子来。"

天津之行结束了，可李四光的心却难以平静。他在想，国外搞地热已经好多年了，但都只是在发电方面，我们不仅要搞地热电站，而且像天津那样把低温地热井水也利用上，这样不就可以节约大量燃料了吗？

于是，他找来地质科学院、北京大学地理系的同志，和他们畅谈培养地热人才，建设地热电站的事。后来，广东的一个地热试验电站发电成功了，李四光兴奋得一夜未睡，不仅发了贺电，而且写了一封长信，详细询问发电量、电机情况，并嘱托电站的同志们，总结经验，以便将来不断地改进。当他写完这封信时，已是大汗淋漓了。他的手握笔已是十分困难，心也跳得特别厉害。他深知自己的时间不多了，他要给这个世界多留下一点什么。

李四光老年时候最关心两件事，一件是地热开发，另一件就是地震预报工作。他为此付出了最后一点力气。

李四光，中国地质事业的奠基者和领导人。他毕生从事地质科学的研究和教育事业，成就卓著，蜚声海内外，是我国冰川学研究的奠基人。他独创的地质力学理论，为我国的地质、石油勘探和建设事业做出了巨大贡献。

一块心爱的石头

李四光应厦门大学邀请,前去做学术报告,内容是他第一次公开提出确定的地质力学。到场的广大师生欣喜若狂,千百双眼睛向李四光投出敬佩的目光。报告以铿锵有力的洪亮声音向广大师生宣告:

"地质力学是在我们祖国地质构造的基础上确立的,它把地质学和力学结合起来,使力学进入地质学研究的领域,它可以研究矿产的分布、工程地质、地震地质,以及整个地壳运动的规律……"

话音刚落,听众为我国有了自己的独特地质理论又一次发出长时间的掌声。

厦门大学的学术报告刚刚结束,李四光又应邀到广西大学讲学。广西大学礼堂里,人们坐得满满的,李四光健步走上讲台说:"今天我讲的是地质构造中关于岩石变形的问题。这个问题,首先要注意岩石力学性质,然后要考虑各种岩石对应力作用的表现。例如岩石的弹性、塑性、弹塑性、滞弹性等需要进一步结合地质现象做出岩石力学方面的实验，把各种岩石试样放在不同的条件下进行实验，可以了解各种岩石在不同的压力条件下试样变形蠕变或破裂的反映。"这时他高兴地从口袋里掏出一个精致的小木盒，取出一个一寸多长、紫红色、中间弯曲成直角和纹路清清楚楚的小砾石，向大家说："请大家看，在这方面，大自然替我们做了丰富的实验，这块小砾石就是自然界遗留的珍品。"

听众蠕动起来，目光都集中到台上。

"我搞了这么多年地质，从来还没有见过这样引人喜爱的石头。石头虽小，但从它身上却能告诉我们许多知识，换句话说，它比宝石还珍贵。"李四光兴致勃勃地评价这块小砾石，并把它装在盒里递给台下要大家传看。学术报告结束了，小木盒被送了回来。李四光打开一看，惊呆了，小砾石不见了。

李四光拿着空盒子没精打采地回到家中，

做人民需要我做的事
——著名地质学家李四光

心里很不愉快，丢了这块小石头对他来说比丢什么东西都心疼，连饭也没心思吃了。

这块小砾石是他们考察雁山时，在良丰雁山村旁，由地质所的一位同志从第四纪冰碛和冰水沉积物中找到的。他捧着这块小石头，如获至宝，找木匠做个盒子，把它保存起来，并写了一篇题为《一个弯曲的砾石》的文章，登在英国《自然》杂志上，他给这块小石头起了个"马鞍石"的名字。他认为这块马鞍石弯曲形变，正是显现出岩石的弹塑性和塑性的形变，这些现象表明，岩石在极低的温度下(例如冰期时代的温度)所承受的压力在弹性范围内，经过漫长的地质年代，就可以发生塑性形变，对探讨岩石弹塑性能来说，意义重大。因此，李四光对它的丢失，心里非常难过，追悔莫及。

广西大学校方也很为难，聘请人家来讲课，却把标本丢失了。于是，八方寻找，后来终于把这块小石头找回来了。从此以后，李四光讲课时对重要的标本就不再那样传了，只能当面看。

听从祖国召唤的李四光

在剑桥住时，一位中国留学生去布拉格出席保卫世界和平大会。会后，转给李四光一封信。李四光急忙打开一看，原来是郭沫若等几位我国著名的科学家请他设法能早日回到祖国参加建设工作的信。

李四光听从了祖国人民的召唤，匆忙结算了食宿费，立即准备启程，女儿因还没有毕业，这次不能与父母同行。

李四光和许淑彬乘火车到了意大利，订了两张从热那亚港到香港的船票。候船期间，许淑彬考虑李四光和自己年纪都这么大了，趁还能走动，想到意大利的名胜古迹游览一下。可李四光偏偏领许淑彬来到庞培古城，这座古城是19世纪在维苏威火山的一次大喷发中被毁灭的遗址。他到这里主要是考察古城的概貌和火山熔岩流动的形迹。李四光看完火山形迹后，又接踵考察对从事地质研究工作有价值的几个地方。两位60多岁的老人，由于整天登山爬坡，最后，使许淑彬累倒了。就是这样，李四光也没有停止考察，他一边照顾许淑彬，一边继续在野外奔走。他坚定地对许淑彬说：

"大自然是进行地质研究的实验场所，科学无国界，所以就得走到哪里考察到哪里，琢磨到哪里。"

周总理提出继续发展石油生产的设想，考虑到如果当前只能开采这样数量的天然石油，是远远解决不了国内工农业生产需要的。国家的资金还不宽裕，进口也很困难，那暂时只好走发展人造石油的道路以弥补石油的不足。

"我们是唯物论者李老，根据你几十年对我国的地质研究，中国的天然石油远景究竟如何？外国'权威'们说中国贫油，你是怎么看呢？我们要拿出自己的看法来。"毛主席接着说。

李四光听了毛主席和周总理的话，心里感到十分不安。国家目前这样急需石油而至今还没有开发出来，这与我这个地质部长有直接关系。长期以来笼罩在地质学界的"中国贫油论"的迷雾，仍在严重地束缚着人们，它成为我国地质科学发展的桎梏。他考虑如果走人造石油的道路，用大量的油田页岩炼油，需要复杂的技术设备和繁琐的工序。不仅费事，而且造价也相当高。在我国科技界所以有人采用这个途径，正是在于受了外国人散布的"中国贫油论"的影响，难道中国真的没有大量的天然石油吗？不对。古人早有定论。1 800年前，我国的历史学家班固在他写的《汉书》中就说过高奴(今延安一带)地方有一条河，河水可以燃烧，这河水就指的是石油，只不过那时没有石油这名词。是北宋著名科学家沈括在他的《梦溪笔谈》中第一次把这燃烧物命名为"石油"，指出在鄜延(现在陕西省富县、延安一带)境内生产。他不仅详细说明石油的产地、性状，而且断定"石油至多，生于地中无穷"，"此物后必大行于世"。李四光再也坐不住了，他抑制不住内心的激动，站起来直率地说：

"我们用不着走人造石油的道路，我认为还是应走开采天然石油这条路，其前景是大有希望的。历史早有记载，远在古代时期，我国劳动人民就已发现延安、玉门一带地下贮藏有丰富的石油。"

"根据地壳运动的规律，我认为找油不在于'陆相'和'海相'，关键在于正确认识地下构造的规律，主要是如何找出地下储存石油的构造线来。"

由于帝国主义者一直在散布"中国贫油论"，洋人"权威"们不止一次断定世界上重要的油田大都在"海相"沉积地层，而中国大部分是"陆相"沉积地层，因而断定我国不会有大量石油。他们并把生油和储油混为一谈，其实生油和储油是不同的两码事。

所谓"海相"沉积，就是在地球的远古时代，地层被海水淹没的地带；"陆相"沉积则是没有被海水淹过的地方。

李四光用十分肯定的语气说："从中国的地

质情况看，不但'海相'地层有石油，而且'陆相'地层也同样生油。我们找油的方向是：要在条件具备的生油和储油地区开展普查和勘探工作，寻找储油构造线。总而言之，我们的地下不是贫油，而是有丰富的石油，我国的天然石油远景将是相当可观的。"

李四光是在旧社会度过大半生的人，当时的反动统治者只不过是把他用来作为装潢门面的修饰品，根本不可能把他的学识用来造福于人民。

而今，新中国则像初升的旭日一样，照亮了李四光的心。他急国家建设之所急，把地质理论的研究和为祖国早出油、快出油，甩掉扣在中国头上贫油的帽子，为解决国家建设的燃料问题结合起来了。受中央的委托，李四光于1955年重新组织起地质队伍，在全国广阔的范围内大规模地展开了对石油的普查勘探工作。

这次重点是集中在新华夏构造体系的第二沉降带的松辽平原和华北平原。在一望无际的

做人民需要我做的事
——著名地质学家李四光

松辽平原上，一个个钻塔顶天矗立，一堆堆篝火在燃烧，照亮了天空，映红了石油工人们的脸庞；机器隆隆的响声，震醒了千年沉睡的大地。

已经65岁的李四光，因患多种疾病，不能和地质普查队同行。但他在部里亲自听取野外同志的汇报，掌握情况并及时提出具体建议和指示。这时他学习了毛主席的《实践论》《矛盾论》等著作，他读得非常细心，注意领会其精神，重点地方都用笔作了标记，并把它抄在笔记本上。随着国家建设事业的发展，地质部和李四光的责任更重了。多年的野外工作，使他积劳成疾，可李四光一拿起书和笔，就忘记了自己是一个多病的人。一次许淑彬含着眼泪说：

"我不止一次和你说要注意身体，你是快奔70的人了，得病容易去病难，一旦有个万一，就算你不用考虑家庭，对国家建设也是一个损失啊！"

李四光开导许淑彬说："周总理教导我们要活到老，学到老，改造到老。一个人真正学好马列主义、毛泽东思想是不容易的，我要活一天学一天。现在干地质这一行和旧中国是大不一样了，光有专业知识不成，必须有高度的政治思想觉悟，只有这样才能做到又红又专。"

"你讲的这些我并不反对，可总理并没说光学习、工作，可以不要命啊！"许淑彬这一句话，使李四光扑哧地笑了。

"你说得对，我马上休息。"

李四光在这期间系统地学习了《哲学笔记》《唯物主义和经验批判主义》《实践论》《矛盾论》等马列和毛主席著作，写了大量的心得笔记，思想理论水平有很大的提高；在业务方面还复习高等数学，兼学俄语，他很多的学习和工作都是在生病期间完成的。1957年经北京医院检查，李四光肾病严重，国务院决定让他到杭州疗养。这时，地质部接到一个不平常的汇报，说在新华夏体系的沉降带上，有一个地区的普查队按照传统的地质理论方法进行勘探，找来找去不见油，然后就断定这个地区的地质

做人民需要我做的事
——著名地质学家李四光

构造是：基底太硬，盖层太平，岩性太密，石油含量甚少，结果把找油队伍拉到了外省。不过，这个普查队内部的意见并不一致，有的同志相信地质力学的理论，认为新华夏体系的沉降带理应出油，提出"重整旗鼓，打回老家去"。李四光听到这个汇报，推迟了疗养时间。调来该地区勘查的第一手资料，详细研究了各方面的情况，从客观实际出发，分析了那个地区的地质构造，精确地指出和确定了该地区钻井的格局和布置的方位。这个队按照李四光的意见把队伍拉回原地，重新开始了工作，在很短的时间里，就发现这一地区乃是一个蕴藏量相当可观的大油田。

根据我国天然石油贮藏量和发展的远景，中央决定建立一个石油部。从此，在广阔的松辽平原和华北平原上，地质部和石油部的广大干部和工人齐心协力，密切配合，真正成了一支地下尖兵，日夜战斗在千里荒原上。

"再给我半年时间"

1966年3月的下旬。

"呜——"汽笛一声长鸣之后,列车缓缓地离开了站台,向着河北邢台的方向驶去。在列车尾部一节专用的公务车厢中,满头银发的李四光正凝神仔细看着面前一大摊各种有关地震情况的报告和资料。他紧皱双眉,手拿一支红蓝铅笔边看边画着、写着。一种焦虑不安、苦思不得其解的情绪笼罩在他的脸上。什么事让他如此专心致志和苦恼呢?

原来,3月8日,在河北邢台发生了一次强烈的地震。地震给这里的人们带来了巨大的灾难。一时之间,房屋倒塌了,到处都是残垣断壁;庄稼被毁掉了,从大地下面涌出的泥沙在田野中形成了一个个的小沙丘,淹没了农作物。家庭不完整了,有的人家只剩下一两个人,有的全部被埋在倒塌的房屋底下,只有极少数的家庭是幸运的,然而也是一无所有。

面对着被地震破坏的家园,人们吓呆了,许多人痛哭不止,特别是那些失去了亲人的孩子,只是哭喊着要找爸爸、妈妈。就在地震的第二天,我们敬爱的周总理来了。他冒着频频的余震的危险走到了人民中间，和灾区的人民同吃一锅饭，同住寒风刺骨的帐篷中。他带着疾病缠身的瘦弱身躯，不分昼夜地处理震后的一系列困难。人们眼含热泪地握住总理的手，发誓要重建家园。

地质学家李四光得知地震消息后，就主动要求到灾区进行实地考察。党中央征求了保健医生的意见，医生考虑到李四光腹部长了一颗动脉瘤，而乘坐直升飞机颠簸很大，极有可能会产生不良的后果。党中央经研究决定，不能让李四光前往灾区。李四光在申请没有得到批准的情况下，没有放弃对地震的研究，他边看资料边等着机会。

武汉武昌辛亥革命纪念馆

不出几日，周总理从灾区考察回到北京。第一件事就是在国务院召开紧急会议，邀请了包括李四光在内的一些科学家参加。会上，周总理向大家说明了灾区的情况。他说，这次地震使我们蒙受了巨大的经济损失，我们要从中吸取经验教训。如果能事先知道在什么地方、在什么时间会发生地震，那就可以减少损失程度，我们能不能预报地震？

　　会场上静静地，大家不知道怎么回答总理的问题。要知道预报地震是很难的，世界各国的科学家们已研究了许多年，都没有什么办法。过了一会儿，有人发言了，但提出的观点并不是较明确的。最后，总理转过脸来问李四光："李老，你的意见呢？"

　　李四光说："地震也是一种自然现象。它的发生是有个过程的，是完全可以预报的。不过，这还需要做

大量的探索工作。"

听了李四光的话，总理点点头，他同意李四光的发言。他说："李四光同志力排众议，说地震是可以预报的，这很好嘛！我们是否有这个决心，有这个勇气。"

当天下午，在李四光家的客厅里召开了一次紧张的临时会议。地质力学研究所的技术人员们等待着李四光的派遣。李四光仔细认真地看着邢台地图，然后选择了几个关键性的地方，指定专门人员到指定地点向地层打孔，安装测试"地应力"的仪器，建立了测报点。并且，对于一些具体的技术工作都做了精心安排。最后让他的秘书做好灾区同北京的联络工作。

一场观察灾区地质变化的战斗打响了，李四光几乎每天都和"前线的战士"通话、联络。他亲自把各种数据绘制成图表，然后作技术分析。半夜，他房间的灯仍在亮着，为了观察地层的变化，他没有一天休息过。综合分析了各个观测点的数据，他担忧地说："邢台地区近日还会发生地震。"

3月22日，邢台又发生了一次7.1级的强烈地震。

李四光再也坐不住了，他连夜给中央送上了一份报告，坚决要求进行一次实地考察。报告送走以后，他让老伴给他煮一暖瓶面条，留作旅途食品，又找来保健医生，请求他满足自己的要求。他语重心长地说："你们这一次千万不要阻拦我了。敬爱的周总理都不怕危险亲自到灾区，我是一个搞地质的，反而缩在后面，怎么心安啊！你们支持我吧！"

就这样，李四光乘上了这列专为他挂了一节公务车的火车。列车在河北省一个小站徐徐停下，李四光收起资料，提着拎包，走下了火车。

过了一会儿，他来到了一个地应力测试站。工作人员们看到年过七旬的李四光竟然冒着生命危险来到这里，都非常激动，更加坚定了在这不知名的小地方守下去的信心。李四光听汇报、看报告、检查仪器，忙得不可开交。他用非常通俗的语言、缜密的逻辑给大家分析地应力的变化同地震的关系，明确指出邢台的地震属于构造地震，所以就需要技术人员做好观测工作。

天色将晚的时候，李四光不顾疲劳，又在观测站周围绕了一大圈，他要亲自看看这个地方的地质情况，这是他一辈子的习惯。

经过一段时间的研究，李四光终于向周总理递上了一份"答卷"。他汇报了自己对地震的初步理解，认为邢台地区在近期内发生地震的可能性不大，今后应注意的是沧州、河间一带。

1967年春天，河间县果然发生了地震。人们不禁惊奇地问李四光，究竟有什么神奇的方法竟然推测得这样准确？李四光的回答是科学两个字。

又过了一年，李四光对地震的研究有了一定的进展。

一天，李四光刚刚休息，一阵急促的电话铃声把他惊醒。电话是从国务院打来的，通知他马上到国务院开会，有紧急情况。李四光连忙穿好衣服，坐车向国务院急驰而去。

赶到会场，会议已经开始了，周总理正在主持会议。他看到李四光走进来，向他招了招手，让他坐在身旁的空位子上。

原来，最近一段时期，北京周围发生了好几次小地震，有关方面向国务院汇报，预计明天早晨七点钟，北京市将要发生七级强烈地震。于是国务院立即发出紧急警报，动员居民暂时迁到室外居住。同时，还建议毛主席最好也暂时住在帐篷中，以保证安全。

李四光没有全部听完人们的发言，先站起身，走出会议室。他要和他的"观察兵们"即各个观测站的技术人员通电活。

"你们那里的地应力测试情况如何？"他以急促的声音询问到。

"很稳定，没有异常情况。"对方清晰地回答。

"如发现异常，立即汇报。"

"好！"

电话一个个接通了，回答都是一样的，"没有异常

情况。"

李四光放心了，他又回到了会议室。

这时，总理看着李四光，问："李老，你看呢?"

李四光明白，他的回答事关重大，这关系到全北京市人民生命和财产的安全。他根据掌握的情况，迅速作出推断，发生地震的可能性很小。所以他非常明朗地回答道："目前还不那样紧急，最好不发地震警报。"

周总理采纳了李四光的意见，没有发布地震警报，但他却一刻未离开办公室，守候了一夜。

而李四光虽已回到了家中却同样守在电话机旁，等待着各个地应力观测站的报告。

天渐渐地亮了，旭日东升。七点钟，平静地过去了。北京城里阳光普

照，川流不息的人们奔向各自的工作岗位。老人们在公园里悠闲地打拳、散步，儿童兴高采烈地去幼儿园。人们正以饱满的精神迎接着新的一天。可又有谁知道，有两个伟大的人为他们守候了一夜。

李四光就这样艰苦地探索着地震的预报工作。由于长时期过度劳累，他肚子里的动脉瘤不断地长大，他渐渐地有点支持不下去了。

一天半夜，一阵疼痛使他浑身颤抖，他叫醒老伴

做人民需要我做的事
——著名地质学家李四光

后就晕了过去。

第二天清晨，当他醒来时发现自己已躺在医院的病房里了。

医生进来查房了，李四光一把抓住医生的手，艰难地问："你能不能告诉我还能活多久，能不能再给我半年时间，我还没有完成周总理交给我的任务呢。"

医生的眼睛湿润了，他握住李四光的手说："李老，您现在需要的是好好养病，千万不要暗中在床上写东西，先把高血压治好。"

然而李四光又怎么能安心养病呢？他牵挂着地震事业。

养病期间，他把秘书小周叫到身边，和他谈论着地震问题，交代研究所的工作，常常一谈就是一个下午。

有一次，小周要走了，李四光拉着他的手悄悄地说："明天一早，你把全国地图带来，我有事告诉你。"然后又和女儿李林谈心。

"我已经82岁了，死了也不算早，就是还有两件事不放心。一件是地震预报还未完成；另一件是不放心你妈。"

听了这话，女儿鼻子一酸，泪水夺眶而出。她暗暗地用手擦了一下，哽咽地说："你放心，妈妈有我照顾。"停了一下，又继续说："爸爸，你安心休息，很快我们就回家。"

第二天，李四光腹部的肿瘤突然破裂。医生们商议，决定马上进行剖腹手术。周总理亲自布置了手术工作。

然而，由于年龄过大，病人心脏无法承受这意外的袭击，连续几个小时的抢救，失败了。

李四光，这位对人民作出了重大贡献的卓越的科学家，在辛勤操劳一生后，离开了人世，享年82岁。

人们摘掉帽子，默默地低下头。在这默哀的人群中，有一个手捧地图的青年，他双眼被泪水充溢着。

李四光是一位伟大的科学家。

他一生从事地质科学研究工作，足迹遍布祖国的山川和欧美的一些地方；他为祖国探明了许多地下宝藏；他创建了崭新的学说——地质力学；他历尽重重困难，为新中国找到了石油储存的地方。

敬爱的周总理曾给予了他很高的评价，并号召全国人民向他学习。

李四光——世世代代人们牢记的名字。

中华魂·百部爱国故事丛书

提　　要

《誓与禁烟相始终——民族英雄林则徐》

　　林则徐严禁鸦片，坚决抵抗西方列强的侵略，坚持维护国家主权和民族利益。他是中国近代历史上第一位睁眼看世界的人，是抗击帝国主义殖民侵略的第一人，是中华民族抵御外侮过程中伟大的民族英雄。

《血洒虎门御敌寇——抗英将军关天培》

　　民族英雄关天培，在第一次鸦片战争中为了抗击英国侵略者的入侵而血洒虎门，为国捐躯，谱写了一曲可歌可泣的英雄赞歌。关天培用他的生命，书写了中国人民反抗外侮的历史。

《威震镇海靖节魂——抗敌英雄裕谦》

　　在第一次鸦片战争期间的众多牺牲者中，有一位官阶最高，他就是两江总督裕谦。裕谦与外国侵略者斗争立场坚定，与国内妥协派、投降派斗争态度坚决。裕谦督战镇海，与英国侵略军浴血奋战，临危不惧，以身报国，浩气长存。

《斩邪留正解民悬——太平天国领袖洪秀全》

　　农民出身的洪秀全，从失意文人到起义领袖，经历了长期的思想演变过程，在外敌入侵、清朝政府腐朽的历史环境之下，顺应时代的潮流，成长为一位非凡的历史英雄人物，建立了与清朝政府相抗衡的农民政权——太平天国。

《仰承汉唐　荟萃中外——近代数学家李善兰》

李善兰是我国19世纪重要的科学家之一，在数学、天文学、力学等方面都有重大建树。他继承了我国古代数学的成就，又以极大的热情传播西方科学文化，"仰承汉唐，荟萃中外"，把自己的一生献给了科学事业。

《严谨治学　勇于探索——近代著名数学家华蘅芳》

华蘅芳，中国近代数学家之一。其精通中国古算学，并熟练掌握西方近代数学，是中国验证抛物线并著书立说的参与者。为了证明"外国有的，中国也能造"而鞠躬尽瘁，在引进西方科学技术、传播科学知识上贡献卓著。

《折冲樽俎护山河——近代著名外交家曾纪泽》

曾纪泽是中国近代史上著名的爱国外交家，在中俄伊犁交涉事件中，他秉承抵抗列强、保卫国家的坚定意志，利用外交手段全力同沙俄抗争，捍卫了国家主权、民族尊严，收回了祖国的领土，在近代中国外交史上留下了光辉的一页。

《甲午海战留英名——民族英雄邓世昌》

邓世昌，北洋水师名将。本书以邓世昌的成长过程为线索，以代表性的历史故事为主要内容，还原真实的历史事件，突出鲜明的人物性格。邓世昌因在中日甲午海战中突出的英雄气概而名垂史册，书写了伟大的爱国主义篇章。

《誓与舰队共存亡——北洋水师提督丁汝昌》

丁汝昌处在清朝政府的腐朽和李鸿章的专断下，难以施展爱国的抱负，壮志未酬，愤恨而终。但丁汝昌为建立近代海军作出的巨大贡献，带领北洋舰队爱国官兵勇抗强敌的英雄事迹，将永远为后代所传颂。

《镇南关上凯歌扬——抗法老英雄冯子材》

1885年中法战争中，年逾古稀的冯子材为抵御外国侵略，勇赴国难，大败法军于镇南关，并乘胜追击，接连收复文渊、谅山等地，从根本上扭转了中法战争的局面，成为近代民族英雄的杰出代表。

《屡败法军逞英豪——黑旗军将领刘永福》

刘永福是黑旗军的创建者，是农民出身的杰出军事家、政治活动家。在19世纪发生的援越抗法、中法战争中，他率部与帝国主义侵略者进行了殊死的战斗，建立了卓越的功勋，成为我国近代史上著名的民族英雄，为后世所景仰。

《矢志变法强国家——戊戌变法领袖康有为》

康有为是清末民初最有影响力的思想家之一。他领导了中国知识界的启蒙运动，掀起了一场自上而下的政体改革。他最早在中国提出了立宪政体和具体的宪政方案，主张在坚持儒家传统和帝制的前提下，学习西方经验，他的进步思想对近代中国具有深远的影响。

《开民智以报国　普新知而图强——戊戌变法思想家梁启超》

梁启超，中国近代史上著名的政治活动家、启蒙思想家、史学家、文学家，戊戌变法领袖之一。本书以百日维新思想家梁启超的成长过程为线索，以代表性的历史故事为主要内容，还原真实的历史事件，突出鲜明的人物性格。

《我自横刀向天笑——维新志士谭嗣同》

谭嗣同在民族危机的严重时刻，投身改革救中国的洪流。为了带给祖国一个光明的未来，紧要关头，他挺身而出，用自己的鲜血激励后人，把宝贵的生命献给了变法事业。

《睡乡敢遣警世钟——用生命警策国人的陈天华》

陈天华是民主革命的活动家和宣传家。他写的《猛回头》《警世钟》等书，起到了革命启蒙的重大作用。为了激发留日学生的爱国情怀，他不惜投海自杀，演出了近代史上感人至深的一幕，给后人留下了难忘的印象。

《革命军中马前卒——民主斗士邹容》

革命乃"至尊极高，独一无二，伟大绝伦之一目的"；它是"天演之公例，世界之公理，顺乎天而应乎人"的伟大行动。因此，必须"仗义群兴革命军"。他激情高呼："革命独子万岁！中华共和国万岁！"这就是《革命军》的作者，中国近代著名资产阶级革命宣传家邹容。

《休言女子非英物——鉴湖女侠秋瑾》

为民族解放和妇女解放而英勇斗争的秋瑾，冲破封建礼教的思想牢笼，打碎封建精神枷锁，崇仰真理，追求光明，主张共和，坚持男女平等，最终献出了自己年轻的生命。

《血溅校场　杀身成仁——民主斗士徐锡麟》

本书讲述了反清志士徐锡麟弃文从武、投身反清革命事业，最终被清政府杀害的故事。出于对国家的热爱，徐锡麟献出自己的生命，他的事迹将永远激励后人深切缅怀这位民主革命的先驱。

《生可死耳　我志长存——献身民主的禹之谟》

禹之谟，民主革命党人，同盟会会员，近代资产阶级革命家、实业家。1886年，20岁的禹之谟"提三尺剑，挟一卷书"游历四方，研究西方社会政治学说，忧国忧民之心日趋强烈。戊戌变法失败，他丢掉改良幻想，倡革命救亡之说，走上民主革命道路。

《物竞天择　适者生存——资产阶级启蒙思想家严复》

严复是中国近代著名的启蒙思想家、翻译家和教育家。他长期从事教育和翻译事业，为近代中国人才培养和思想启蒙做出了重要贡献，同时他也为中国的翻译事业和中西思想文化交流做出了重要贡献。

《辛亥革命急先锋——资产阶级革命家黄兴》

黄兴，清末民初资产阶级革命家，中华民国开国元勋。黄兴在武昌首义及辛亥革命时期的爱国表现，与孙中山闻名于当时，常被时人以"孙黄"并称。本书以资产阶级革命活动实干家黄兴的成长过程为线索，歌颂了先辈伟大的爱国主义精神。

《矢志革命　百折不回——近代民主革命家廖仲恺》

廖仲恺追随孙中山踏上了创立民国与捍卫共和制的旧民主主义革命

之路；在新民主主义革命时期，他为建立、巩固首次国共合作和实施三大政策，英勇奋斗，为国殉职，洒尽了一腔热血。

《将军拔剑南天起——护国英雄蔡锷》

蔡锷是中国近代史上的杰出军事家、爱国者。他的一生短暂而伟大。辛亥革命爆发，他毅然投身于革命洪流之中，领导云南重九起义，对武昌起义积极响应。袁世凯窃国复辟、恢复帝制的阴谋暴露出来以后，他又毅然举起了武装讨袁的旗帜。

《反帝反封建运动——五四青年的爱国故事》

五四运动是一次伟大的反帝反封建的爱国运动；是一个伟大的历史转折点；是中国人民的斗争从挫折走向胜利的一个关节点，它为中国的前进开辟了一条全新的道路，拉开了中国新民主主义革命的序幕。

《思想自由　兼容并包——著名教育家蔡元培》

蔡元培是中国近现代著名的民主革命家和教育家，一生经历风雨，却始终信守爱国和民主的政治理念，致力于废除封建主义的教育制度，奠定了我国新式教育制度的基础，为我国教育、文化、科学事业的发展做出了富有开创性的贡献。

《为国家争光　为民族争气——中国铁路之父詹天佑》

詹天佑是我国最早的杰出铁道工程师，因主持建造京张铁路而闻名中外，被誉为"中国铁路之父"。他为祖国的铁路事业贡献了毕生的精力。本书向读者展示了詹天佑热爱祖国、科技兴国的辉煌人生。

《实业救国　衣被天下——轻工之父张謇》

张謇是爱国实业家、教育家。他年轻时中过状元。过了40岁，开始投身工商实业活动中，他的名言是"富民强国之本在于工"。在南通，创办大生丝厂、银行等各种实业。并将创办实业的大部分所得投入教育。他的观点是，教育和实业一样，也是"富强之大本"。

《心向革命　追求光明——平民将军冯玉祥》

冯玉祥将军"是一位从旧军人转变而成的坚定的民主主义战士"。

抗日战争期间，他辗转各地，用实际行动积极抗战。日本战败投降后，他为了断绝美国的援蒋内战，又在美国四处演说，揭露蒋介石统治之黑暗，痛斥美国阴谋分裂中国的不良行为。

《刑场上的婚礼——革命烈士周文雍　陈铁军》

周文雍是广州起义的主要领导人之一。陈铁军出身于华侨商人家庭，却毅然投身革命洪流。1928年1月，两人接受派遣，回到广州假扮夫妻从事革命斗争，却不幸被捕。临刑前，两位烈士将敌人的枪声当作自己婚礼的礼炮，用生命和爱情谱写出一曲千古绝唱。

《星星之火　可以燎原——井冈山斗争的故事》

1927—1929年，毛泽东、朱德等老一辈革命家，在井冈山创建了农村革命根据地，进行了艰苦卓绝的斗争，建立了新型革命武装，点燃了工农武装革命之火，找到了农村包围城市最后夺取政权的中国革命的正确道路。

《新民学会的主要发起人——中国共产党早期革命家蔡和森》

蔡和森青年时期曾与毛泽东等人一起组织进步团体新民学会，参加五四运动，并在赴法国勤工俭学时研读大量马克思主义著作，回国后以满腔热忱投身革命事业，成为中国共产党早期重要的理论家和宣传家。

《威震黄浦江畔　高奏抗日壮歌——一·二八淞沪抗战》

面对日本侵略者的挑衅，十九路军在蒋光鼐、蔡廷锴的带领下，高举义旗，奋力一搏。一·二八淞沪抗战，是中国军人捍卫军人荣誉和祖国尊严所发出的吼声，谱写了一曲抗击日军侵略的英雄壮歌。

《将军恨不抗日死——慷慨就义的吉鸿昌》

在国难深重的20世纪30年代，吉鸿昌将军因拒绝执行国民党指示，坚决不打内战，被迫携眷出国"考察"。回国后，他加入中国共产党，组织了民众抗日同盟军，英勇打击日本侵略者，后于1934年11月被国民党反动派杀害。

做人民需要我做的事
——著名地质学家李四光

《献身革命　甘于清贫——梅岭忠魂方志敏》

大革命失败后，方志敏凭着"两条半步枪"起家，身经百战，创建了赣东北革命根据地和红十军。本书真实记录了方志敏投身于革命、领导红军和敌人进行艰苦卓绝斗争的经历，歌颂了烈士贫贱不移、威武不屈、献身革命的高尚品质。

《奏响中华最强音——人民音乐家聂耳》

聂耳在他有限的生命中创作了数十首革命歌曲，在抗日救亡运动中，聂耳的这些歌曲产生了广泛深远的影响。他的音乐创作为中国无产阶级革命音乐的发展指明了方向，树立了榜样。

《横眉冷对千夫指——中国文化革命主将鲁迅》

鲁迅不但是伟大的文学家，而且是伟大的思想家和伟大的革命家。在那风雨如晦的黑暗年代里，他以笔为投枪，同一切帝国主义和反动派进行了顽强的战斗，为中国人民树立了一个不朽的丰碑。他是新文化战线上的一面光辉旗帜，是我们伟大民族的灵魂。

《铁流两万五千里——红军长征的故事》

红军长征是人类历史上的一次伟大的壮举。第五次反"围剿"失败后，中国工农红军的三大主力在极端艰难的条件下，突破国民党军队的围追堵截，进行了史无前例的战略大转移，总行程达两万五千里以上。途中发生了许多动人故事，至今令人难以忘怀。

《荣辱不移革命志——创建陕北红军的刘志丹》

刘志丹是杰出的无产阶级革命家、军事家，西北红军和西北革命根据地的主要创始人之一。他一生热爱人民，追求真理，英勇善战，百折不挠，艰苦奋斗，忠心赤胆，为创建红军和革命根据地、为中国人民的解放事业建立了不可磨灭的功勋。

《英名永存北平城——爱国将领佟麟阁　赵登禹》

1937年7月28日，日军向北平郊区发动进攻。第二十九军副军长佟麟阁奉命在南苑率部与日军苦战，腿部受伤，头部被敌机炸伤，壮烈殉国。第一三二师师长赵登禹指挥部队顽强抵抗日军，右臂中弹负伤，仍继续作战。后在转移途中遭日军截击而牺牲。

《八百壮士　四行仓库铸军魂——谢晋元和他的战友们》

八一三抗战，中国军人以血肉之躯揭开全面抗战的帷幕。这是一场血战，是中国军人不屈不挠的英雄诗篇，其中的八百壮士守四行，成为这首英雄颂歌中最动人、最凄美的音符。一曲四行保卫战，铸就了不屈的军魂。

《八女投江　气贯长虹——八位抗联女战士》

抗日战争时期，以冷云为首的东北抗日联军8名女战士，为捍卫民族尊严，面对凶残的日寇，镇定自若，宁死不屈，投江殉国，表现了中华民族同敌人血战到底的英雄气概。她们的光辉形象，激励着千千万万的后来人。

《艰苦抗战　威震敌胆——著名抗日英雄杨靖宇》

杨靖宇将军是我国著名的抗日民族英雄。曾先后担任磐石游击队政治委员、东北抗日联军第一军军长兼政委、抗日联军总司令等职。领导军民对日寇坚持了长达9个年头的艰苦卓绝的斗争，最终以身殉国。

《死也不当亡国奴——镜泊抗日英雄陈翰章》

陈翰章，从1932年8月投笔从戎，直到1940年12月8日为抗击日本侵略者，战死在镜泊湖畔。他在抗日疆场上奋战了九年，他那可歌可泣的英雄事迹将为人们永世传颂。

《名将殉国　气壮山河——抗日将军张自忠》

著名抗日将领、民族英雄张自忠，生于忧患的时代，抱有"宁为百夫长，胜作一书生"的志向，经历过失败与低谷，最终成就了慷慨人生。本书主要以人物活动为主，勾画出一个真正的"民族魂"鲜活的人生，会带给读者振奋的力量。

《宁死不辱战士名——狼牙山五壮士》

1941年日寇在河北易县"扫荡"。为掩护群众和主力部队撤退，五

做人民需要我做的事

位八路军战士毅然把敌人引上了狼牙山棋盘坨峰顶绝路。弹尽粮绝、无路可退，五位英雄纵身跳下了万丈悬崖，用生命和鲜血谱写出一曲惊天地泣鬼神的壮举。

《太行浩气传千古——抗日名将左权》

左权，中国工农红军和八路军高级指挥员，著名军事家。是八路军在抗日战场上牺牲的最高指挥员。名将阵亡，太行山为之垂首，全党为之悲痛。周恩来称他"足以为党之模范"，朱德赞誉他是"中国军事界不可多得的人才"。

《虎将兴关外　抗倭统雄师——抗联英雄赵尚志》

本书描写了久经考验的共产党员、东北抗联的创建者和主要领导人赵尚志，在艰苦卓绝的条件下，坚持抗战，威震敌胆，战功卓著，忍辱负重，忠贞不屈，为国捐躯的英雄故事，为青少年读者呈上一部爱国主义的佳作。

《黄埔之英　民族之雄——抗日名将戴安澜》

抗日名将戴安澜，先后参加保定、漕河、台儿庄、武汉、昆仑关等战役，作战英勇，屡建奇功；入缅作战，"扬威国外，藉伸正义"；守东瓜，复棠吉；殒身缅北，遗恨丛林，马革裹尸，成就了光辉的一生。

《爱国志士　民主先锋——新闻出版家邹韬奋》

本书讲述了邹韬奋献身新闻出版事业的奋斗历程，展现了一位新闻工作者坚定的革命信念和炽热的爱国主义精神，全心全意为人民服务、为读者服务的奉献精神，歌颂了他的高尚情操和优良品质。

《为抗战发出怒吼——人民音乐家冼星海》

人民音乐家冼星海，青年时期在巴黎求学，饱尝屈辱与磨难；学成后毅然回到多灾多难的祖国，用满腔热忱谱写激昂的音乐，鼓舞中华儿女的斗志；奔赴延安，谱写出不朽的名作《黄河大合唱》，发出中华民族抗日救亡的怒吼。

《全民皆兵　抗击日寇——抗日战争的故事》

中国人民进行的十四年抗战，是一百多年来中国人民反对外敌入侵第一次取得完全胜利的民族解放战争。这场战争是以国共两党合作为基础，有社会各界、各族人民、各民主党派、抗日团体、社会各阶层爱国人士和海外侨胞广泛参加的全民族抗战。

《捧着一颗心来　不带半根草去——人民教育家陶行知》

陶行知是我国现代教育史上伟大的人民教育家、教育思想家。他从青年起就立志献身教育事业，以"捧着一颗心来，不带半根草去"的赤子之心，为人民的教育事业鞠躬尽瘁。

《为民主与和平拍案而起——民主斗士闻一多》

闻一多早年与梁实秋等人发起成立清华文学社。赴美留学期间由对祖国的深深眷恋而创作著名的《七子之歌》。后在西南联大任教8年，积极投身于抗日运动和争取民主的斗争，发表了著名的《最后一次讲演》。

《铁窗难锁钢铁心——革命先烈王若飞》

王若飞是我党早期杰出的无产阶级革命家。在艰苦卓绝的斗争中，他出生入死，屡建奇功，以超人的睿智和胆略，在敌人的监狱中，同敌人展开了殊死的较量，为抗战的胜利和新中国的诞生做出了卓越的贡献。

《横扫千军　还我河山——抗联名将李兆麟》

李兆麟是东北抗日联军创建人之一，他率领抗日联军历尽千难万险与日本侵略者浴血奋战，在极其艰苦的条件下，保存了抗联军的有生力量，为东北光复做出了重大贡献。

《锄头开出新天地——解放区大生产运动》

为了解决困难，渡过难关，党中央号召党政军民齐动手，开展大生产运动。中国共产党在其控制区域内发动的一场军队屯田和鼓励生产的群众运动，达到了自己动手丰衣足食，共度难关，既进行革命又进行生产自足的目的。

——著名地质学家李四光

做人民需要我做的事

《生的伟大 死的光荣——女英雄刘胡兰》

刘胡兰，坚贞不屈的少年女英雄。生前对我国劳动人民的解放事业无限忠诚，在敌人威胁面前，大义凛然，毫无惧色，英勇牺牲，表现了共产党员的高贵品质。

《饿死不领美国救济粮——爱国知识分子的楷模朱自清》

朱自清作为爱国知识分子的典型，以锐利的笔锋直言痛斥反动政府的暴行，体现了他崇高的爱国情怀和不畏恶势力的精神品格。毛泽东曾给朱自清先生以高度评价："一身重病，宁可饿死，不领美国的'救济粮'"，"表现了我们民族的英雄气概"。

《为了新中国前进——舍身炸碉堡的董存瑞》

伟大的英雄，中国人民的儿子董存瑞，从儿童团长成长为一名光荣的解放军战士，在1948年解放隆化县城时，舍身炸碉堡，为新中国献出了自己年轻的生命。他的英雄形象永远留在人民心里。

《宁死不屈的共产党员——革命烈士江竹筠》

江竹筠，就是著名的江姐。1947年春，她负责《挺进报》工作，只几个月的时间，报纸就发行到1600多份，引起了敌人的极大恐慌。由于叛徒出卖，江姐不幸被捕，惨遭毒刑的残酷折磨，仍坚贞不屈。最后被特务秘密枪杀，年仅29岁。

《抗美援朝 保家卫国——志愿军的战斗故事》

抗美援朝战争是中国人民志愿军为援助朝鲜人民、保卫祖国安全，与美国为首的"联合国军"发生的战争。在朝鲜牺牲的志愿军烈士们，他们英勇的战斗事迹、保家卫国的精神值得我们发扬光大。

《上甘岭上壮烈歌——黄继光和他的战友们》

在1952年10月的上甘岭战役中，黄继光和他的战友们在零号阵地半山腰被敌机枪火力点压制，此时，黄继光身上已经多处负伤，手雷也已全部用光。为了完成任务，减少战友的伤亡，他用自己的胸膛堵住正在扫射的敌机枪射孔，为反击部队扫清了前进的道路。

《诗书印画　全入神品——国画大师齐白石》

齐白石出身贫寒，做过农活，当过木匠，后改学雕花木工，从民间画工入手，摹古人真迹，学诗文书法，融汇古今，而诗、书、印、画俱佳；他将中国画的精神与时代的精神统一得完美无瑕，使中国画得到国际的重视，无愧于"国画大师"的称号。

《毕生为文化而奋斗——中国第一出版家张元济》

张元济参与、主持和督导商务印书馆近六十年，使其从简单的印刷企业转变为当时中国教育出版的旗帜。张元济一生爱书，在中华大地动荡不安的年代里，他用自己对文化的热爱，续存着中华民族灿烂悠久的文明之光。

《独树一帜　梨园大师——著名京剧表演艺术家梅兰芳》

梅兰芳，京剧大师，演唱风格独树一帜，世称"梅派"。曾先后赴日本、美国、苏联演出，并荣获美国波摩那学院和南加州大学的荣誉文学博士学位。作为一位爱国者，抗战期间蓄须明志，拒绝为日本人演出，为后世称颂。

《华侨旗帜　民族光辉——爱国侨领陈嘉庚》

陈嘉庚是著名的爱国华侨领袖、企业家、教育家、慈善家、社会活动家。他为辛亥革命、民族教育、抗日战争、解放战争、新中国的建设做出了卓越的贡献。生前被毛泽东誉为"华侨旗帜、民族光辉"。

《向雷锋同志学习——伟大的共产主义战士雷锋》

雷锋，一个平凡而伟大的共产主义战士，一心向着党，一生秉承着全心全意为人民服务、无私奉献的崇高思想；发扬刻苦学习和钻研理论的"钉子"精神；坚持勤俭节约、艰苦奋斗的优良作风。毛泽东为其题词："向雷锋同志学习。"

《人民的好公仆——县委书记的好榜样焦裕禄》

焦裕禄，被誉为县委书记的好榜样。他用自己的革命精神，展开了与大自然、与社会落后现象、与病魔的多重抗争，让我们领略到一

——著名地质学家李四光

做人民需要我做的事

个共产党人的生之伟大、死之壮美的人格品质和具有现实教育意义的精神魅力。

《文学巨匠 京味大师——人民作家老舍》

老舍是我国现代小说家、文学家、戏剧家。他用融入骨髓的真诚文字反映生活的喜怒哀乐。老舍的一生，总是在忘我地工作，他是文艺界当之无愧的"劳动模范"，生前被北京市人民政府授予"人民艺术家"的称号。

《革命老人——无产阶级教育家徐特立》

徐特立是一代伟人毛泽东的老师。他出生在贫苦家庭，大部分时间生活在动荡艰苦的年代；他刻苦勤奋，不畏艰辛，追求光明，一生勤俭，为革命培养了大量的人才；他对党和人民任劳任怨，鞠躬尽瘁。他坎坷奋斗的一生，留下了许多可歌可泣的故事。

《人生能有几回搏——新中国第一个世界冠军容国团》

容国团先后担任中国乒乓球队运动员、女队主教练。获得1959年男子单打世界冠军；1961年夺得男子团体世界冠军；作为中国女队主教练，1965年率女队第一次夺得女子团体世界冠军。他的"人生能有几回搏"的豪言，举国传诵。

《石油工人一声吼 地球也要抖三抖——铁人王进喜》

王进喜，新中国第一批石油钻探工人。他为祖国石油工业的发展和社会主义建设立下了不朽的功勋，在创造了巨大物质财富的同时，还给我们留下了宝贵的精神财富——铁人精神。他被评为"百年中国十大人物"，写入中华民族的光辉史册。

《做人民需要我做的事——著名地质学家李四光》

李四光是一位伟大的科学家，他一生从事地质学研究工作，足迹遍布祖国的山川，为祖国探明了许多地下宝藏；他创建了崭新的学说——地质力学；他历尽重重困难，为正确认识地质构造开辟了一条新路。

《中国化学工业的先驱——著名化学家侯德榜》

为摆脱纯碱需要进口的窘况，20世纪初，怀着"实业救国"梦想的中国化工先驱侯德榜等人创办了永利碱厂，并立志生产出中国人自己的碱。1926年，永利碱厂终于成功地生产出"红三角"牌纯碱，从此中国制碱业得以跨入世界先进行列。

《毕生求是　一丝不苟——著名科学家竺可桢》

著名科学家竺可桢献身科学研究；治学严谨，一丝不苟；一生廉洁，两袖清风；作风民主，爱护学生。他以爱国之心、报国之志，从一个民主主义者逐渐成长为一个共产主义战士。

《热爱自然的大地之子——著名植物学家蔡希陶》

蔡希陶，五十载风雨，五十载坎坷，五十载奋斗，五十载开拓，为了发现对人类生产、生活有用的植物及新物种的引进而做出巨大贡献，在中国的植物资源学史上将永远镌刻着他的名字。

《高洁无私的襟怀——知识分子的楷模蒋筑英》

蒋筑英是中国当代知识分子的先锋典范，他不为名，不为利，尊重科学；他以坚忍的毅力和顽强的作风，在科学的道路上呕心沥血，鞠躬尽瘁，无私地奉献了青春和生命。

《迎接新生命的天使——卓越的妇产科专家林巧稚》

林巧稚是国内外享有盛誉的妇产科专家。在五十多年的医学教育和临床实践中，林巧稚亲自接生了五万多婴儿，治愈了数千病人，培养了数以百计的专门人才，为我国的妇女儿童事业做出了不可磨灭的贡献。

《独自成千古　悠然寄一丘——国画大师张大千》

张大千是20世纪中国画坛最具传奇色彩的国画大师，无论是绘画、书法、篆刻、诗词无所不通。在艺术界深得敬仰和追捧，艺术家们用真挚的感情，用绘画和雕塑展现了"张大千"多彩的艺术形象。

《建造中国的通天塔——著名数学家华罗庚》

中国当代著名数学家华罗庚，为中国数学的发展做出了无与伦比的贡献，他是中国解析数论、典型群、矩阵几何等多方面研究的创始人与开拓者，也是我国最早将数学理论研究与生产实践紧密结合的科学家。

《问鼎长天　强我国威——两弹元勋邓稼先》

邓稼先是我国著名科学家，参加组织和领导我国核武器的研究、设计工作，从对原子弹、氢弹原理的突破和试验成功及其武器化，到新的核武器的重大原理突破和研制试验，作出了重大贡献。是我国核武器理论研究工作的奠基者之一，被誉为"两弹元勋"。

《敢叫天堑变通途——桥梁专家茅以升》

中国著名的桥梁专家茅以升从小立志为祖国建造桥梁，经过不懈努力，他不仅设计建造了一座座宏伟壮观、坚固实用的道路桥梁，而且搭建了一座座友谊之桥，为祖国建设作出了卓越贡献。

《蘑菇云之梦——核物理学家钱三强》

被誉为"中国原子弹之父"的核物理学家钱三强，更名后立志于科技报国；24岁投师于世界著名核物理学家居里夫妇；与夫人何泽慧合作，发现铀的"三分裂""四分裂"现象；统领我国的原子大军，做了大量创造性工作。

《两离桑梓地　满怀雪域情——领导干部的楷模孔繁森》

孔繁森，是一位一尘不染、两袖清风的好干部。两次进藏工作，历时十载，为西藏的建设、发展和稳定作出了突出的贡献。1994年11月，孔繁森不幸以身殉职。人民群众称他为新时期领导干部的楷模。

《摘取数学皇冠上的明珠——著名数学家陈景润》

陈景润是享誉世界的数学家，为了证明"哥德巴赫猜想"，他以惊人的毅力在数学领域里艰苦跋涉，终于攻克了世界著名数学难题"哥德巴赫猜想"中的"$1+2$"，创造了中国乃至世界数学史上的辉煌。

《学术独步　饮誉四海——享有国际威望的科学家卢嘉锡》

卢嘉锡是一位在国际科学界享有崇高威望的物理化学家、化学教育家和科技组织领导者。1945年，卢嘉锡满怀"科学救国"的热忱回到祖国，对中国原子簇化学的发展起了重要推动作用，他所指导的新技术晶体材料科学研究，也取得了重大成绩。

《德艺双馨　梨园楷模——著名豫剧表演艺术家常香玉》

常香玉1941年赴陕甘演出。1948年在西安创办香玉剧社。1951年为支援抗美援朝，率剧社巡回西北、中南、华南各地演出，以演出收入捐献"香玉剧社号"战斗机一架，素有"爱国艺人"之誉。

《文学大师　激流勇进——著名作家巴金》

本书以巴金生平和主要事迹为线索，回顾和展示现代著名作家巴金的一生，以期让人们看到巴金在这风云变幻的100多年中，有过成功的欢欣，有过屈辱的磨难，有过痛苦的忏悔，有过平静的安宁。巴金的人生，映照着一代中国五四知识分子坎坷而不平凡的命运。

《壮心系科学　孜孜为国昌——理论化学家唐敖庆》

本书讲述了唐敖庆从出国求学、学业有成、回国任教，到服从安排、艰苦工作、刻苦钻研，最终成为中国量子化学奠基者的过程。让人们看到了这位著名化学家的赤心爱国、严谨治学、大公无私的崇高品格和科研上的卓越成就。

《中国导弹之父——著名科学家钱学森》

当第一颗原子弹升空的时候，当中国的人造卫星奏响《东方红》的时候，当中国运载火箭腾空而起的时候，当中国研制的导弹准确命中目标的时候，人们都会想起他的名字：中国导弹之父钱学森。

《中国近代力学的奠基人——著名科学家钱伟长》

钱伟长曾以中文和历史两个100分的成绩考入清华大学。九一八事变后，钱伟长毅然放弃了文科的学习而转为理科。他是中国近代力学、应用数学的奠基人之一，在固体力学、流体力学以及航空航天领域，取得了卓越的成就，为新中国的现代化建设付出了毕生的精力。

《中国光学科学的奠基人——著名科学家王大珩》

王大珩是我国著名的科学家，中国光学科学的奠基人。他先在清华就读，后赴英国求学，学业有成，立志科学救国，其成就享誉神州。他以科学的求是精神和赤诚的爱国情怀，探索着中国光学发展的闪光之路。